# 빛은 따뜻했다

# 빛은 따뜻했다


**펴 낸 날**  2024년 6월 5일

**지 은 이**  문성아
**펴 낸 이**  이기성
**기획편집**  윤가영, 이지희, 서해주
**표지디자인**  윤가영
**책임마케팅**  강보현, 김성욱
**펴 낸 곳**  도서출판 생각나눔
**출판등록**  제 2018-000288호
**주    소**  경기도 고양시 덕양구 청초로 66, 덕은리버워크 B동 1708, 1709호
**전    화**  02-325-5100
**팩    스**  02-325-5101
**홈페이지**  www.생각나눔.kr
**이 메 일**  bookmain@think-book.com

- 책값은 표지 뒷면에 표기되어 있습니다.
  ISBN      979-11-7048-717-3(03810)

빛은
따뜻했다
문성아 에세이
생각나눔

# 목 차

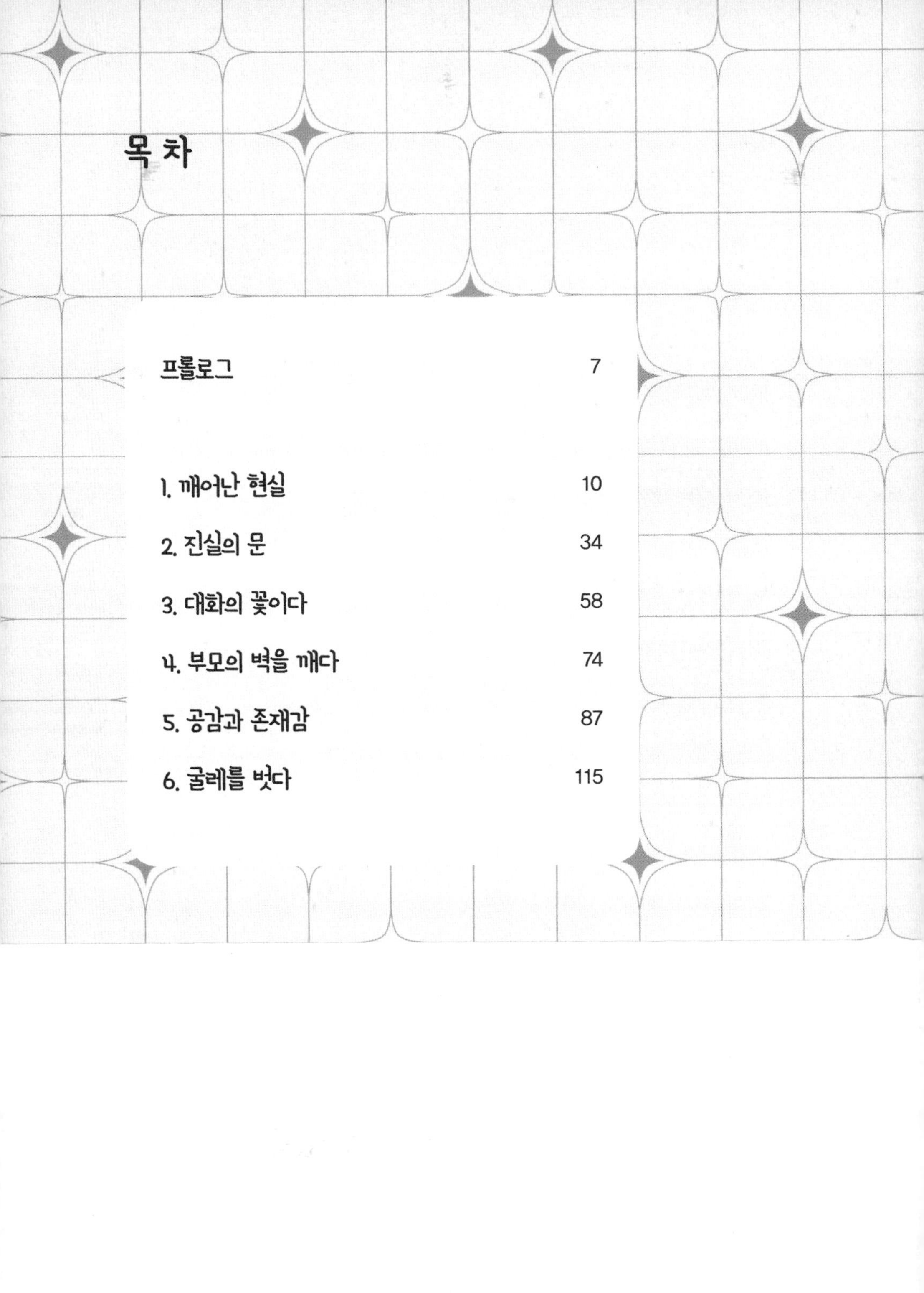

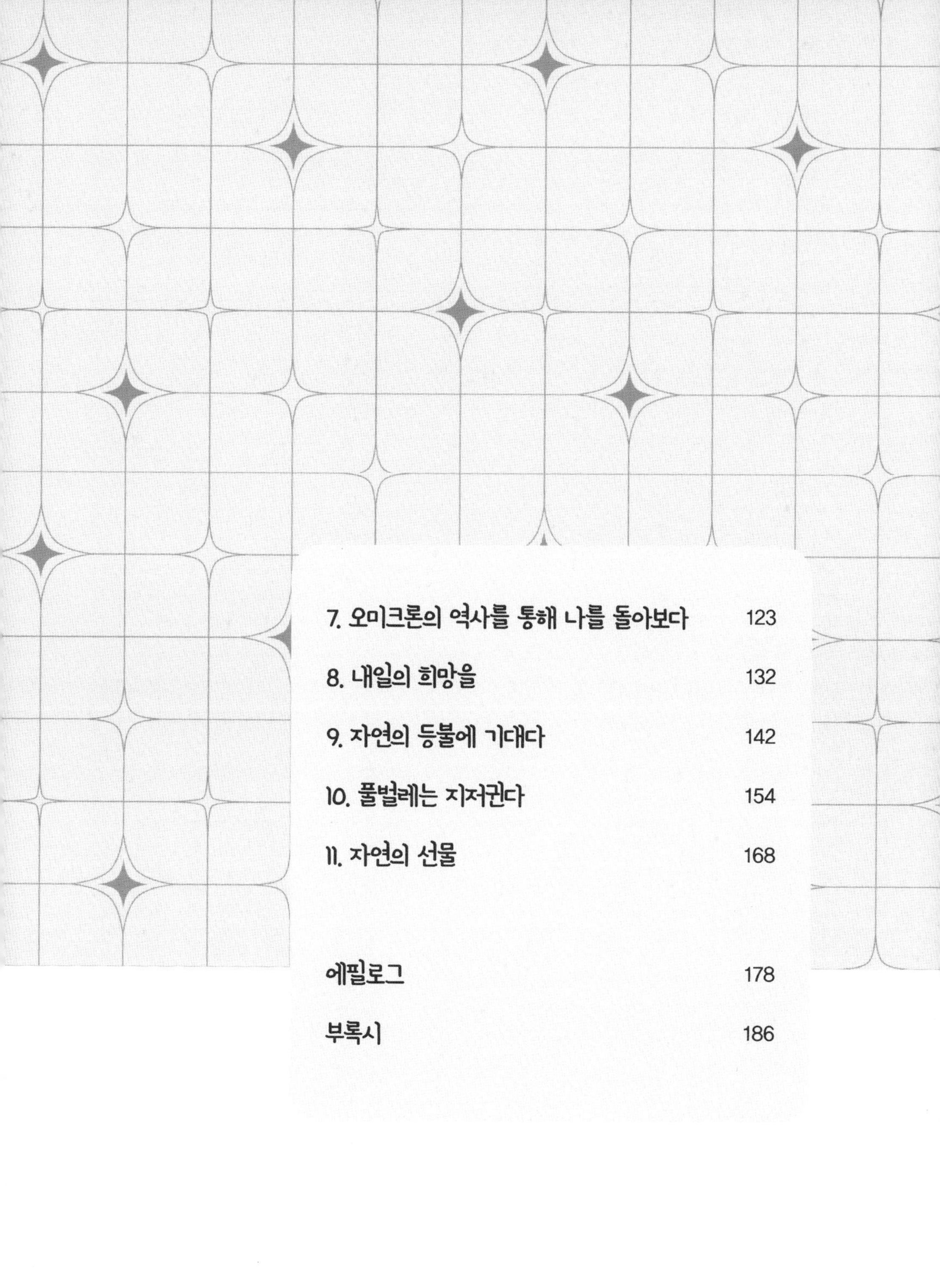

# 프롤로그

남을 은밀히 늪으로 밀어내려 한 이는 애꿎은 옆 사람
한테 떠넘기지 말고 무엇이 잘못되었는지를 절실히 깨달아야 합니다. 눈물
로 참회하면 직업에 좋고 나쁨은 없습니다. 자신의 허물과 거짓된 죄악으로
사회에 오염시킨다는 것을 깨달아야 자신의 모습으로 남겨질 수 있다는 것
을 알아야 합니다. 금전을 목적 삼았는가? 거짓으로 오염되게 하여 남의 가
족을 갈라놓으려는 사람인가?

무슨 이유로 접근하여 목적은 무엇이었는지를 반성하고 잘못을 뉘우쳐야
합니다. 이 세상에서 함께 나아가려면 자신의 참모습을 숨기지 말아야 합니
다. 그러하여야만 이 땅에서 살아가는 것이 부끄럽지 않습니다. 철면피한 얼
굴은 용서받기 어렵습니다. 애꿎은 남을 어려움에 빠뜨리는 자는 용서받기
어렵습니다. 솜사탕 쥔 순수한 아이에게 분한 마음과 돌 같은 무게로 짐을

지게 하는 일은 용서받기 어렵습니다.

　반성으로 거듭 반성하여 자신의 목적과 애꿎은 옆 사람의 목적이 다름을 알아야 합니다. 이 다름을 인지하지 못한다면 이 세상서 있을 필요가 없습니다. 자신의 처음 모습을 생각할 수 있어야 합니다. 처지가 둔갑하여 바뀐다고 자신의 모습이 바뀐 것은 아니라는 것을 알아야 합니다. 사람 도리를 제대로 하지 못하면 참 도리는 거짓된 도리를 금방 알아차립니다. 거친 야생의 꽃은 온실의 꽃을 내던지고 자신을 내세우려 하지만 야생 꽃은 꽃을 병도 없을뿐더러 야생 꽃으로 던져집니다. 선한 축을 건드린 죄는 아주 큽니다.

　되돌리기에도 어려울 정도로 어렵습니다. 화합하려면 반성과 진실한 잘못의 회개가 있어야 합니다. 휩쓸도록 한 이들도 죄를 반성하고 잘못을 느껴야 합니다. 씻을 수 없을 만큼 그들의 아는 것의 값어치는 바람직하지 않습니다.

섣불리 아는 것은 모르는 것보다 못합니다. 앞만 보고 가다가 개울에 빠지는 경우와 같습니다. 섣부른 판단으로 애매한 사람 죽이는 경우랑 다름없습니다.

진정한 배움 끝이라도 잡으려면 사람 자세가 먼저 되어야 합니다. 상처는 내기는 쉬울지라도 아물기는 되돌리기 어려울 만큼 어렵습니다. 우주의 길은 반듯한 질서로 나아갑니다. 그럴 때 시작됩니다. 자신의 자리에서 어긋난 마음을 가진 이들은 되돌아서야 합니다. 부모 품이 그리울 때는 부모는 떠나고 없습니다. 나쁜 죄악으로 휩쓸어서 나올 수 없는 것은 바라지 말아야 합니다. 특히나 교육은 걸러지고 깨끗한 교육의 물 속에서 맑은 교육을 배워야 합니다. 나와 네가 좋으면 우리가 좋아지고 나아가 모두가 좋아지는 것입니다.

# 깨어난 현실

       속은 곪고 외양이 좋아 보이면 넘어가고 끌리어 간다는 것이다. 난 이런 꼬이고 엮임에 쏠려가서 우울증을 앓았다. 오염에 젖은 속병 마음병 괴롬병을 앓았다. 고인 물은 썩게 마련이다. 새 물로 갈아 주어야 한다. 많이 사람들이 보이지 않게 죄를 짓고 썩어 있었다. 썩은 물을 갈아 치워야 한다. 사람들의 썩은 의식을 바꾸게 해야 한다.

코로나가 왜 왔는가!

메르스가 왜 있었던가!

사스가 왜 있었던가!

사스의 기억 때는 혼돈의 기억이다. 메르스 코로나로 이어져서 나의 기억을 깨운다. 사람들의 부정 의식이 많이 곪아 있다는 것이다. 새 시대를 향하여 서야 할 필요가 있다. 맑은 물을 먹어야 한다. 깨달음의 정도가 넘어섰다. 사람들의 마음이 삐뚤어져 있기 때문이다. 위의 물은 먹기 좋아 보여도 깊은 속물은 썩어 있는 줄을 모르기 때문이다. 우리는 질 좋은 사회에서 살아야 한다. 외양만 보기보다 좋은 질을 품을 줄 알아야 한다. 사람들의 의식이 이로운 질로 건강하게 깨우쳐야 한다.

이 내용의 글들은 어쩌면 자연이 부여해주는 나의 생활의 지침이 될 수 있고 인격의 바탕을 보여 주는 것일 수가 있다. 그러한 지침은 생활의 격언으로도 들릴 수가 있다. 생활의 방침으로도 들릴 수가 있다. 누구한테나 적용되는 것은 아니다. 사람의 느끼는 바에 따라 다르게 보일 수도 있다. 난 경험해서는 안 될 세월과 사람에 부딪힘으로써 세상과 우주 만물의 관계를 생각하게 되었고, 삶의 이유도 생각하게 되었다.

남의 것을 함부로 재단하지 않는다면 이상적인 사고를 지닐 수 있다. 특별한 경우 아니면 가능할 수 있다. 단정은 경험에서 비롯된다. 자신의 경험과 다른 사람의 경험은 구분된다. 자신의 경험을 다른 사람의 경우에 단정 지어 논하면 안 된다. 이롭지 않은 이상 어설픈 경험의 말은 삼가야 한다. 한 사람의 인격은 그 사람의 전부를 나타낸다. 받아들이고 안 받아들이고의 차이는 그 사람 자신이다. 억지로 끌어다 강요하면서 받아들이라고 할 수는 없는 것이다. 위치를 빌미 삼아 상대를 해되게 하려는 이는 없으면 좋겠다.

이중의 마음이 보이기 때문이다. 말을 많이 한다고 많이 아는 것이 아니다. 그 사람은 말을 많이 하는 성질을 지녔기 때문이다. 그리고 말을 적게 한다고 적게 아는 것이 아니다. 그 사람은 말을 많이 하는 것보다 적게 함이 그 사람한테 맞는 것이기 때문이다. 사람의 성정이라고 말할 수 있다. 쓸 시기는 정해져 있는 딱 한 번 정도라는 것이기에 고심했다. 생각하면 참으로 기막히다.

어린아이 적 마음 같은 순수한 마음을 지닌 나란 아이를 주무르기 쉬웠던가? 개념도 없는 이들이다. 세상 살아감은 힘다운 체력과 강렬함이 더 아름답고 이로운 것이라는 생각을 하게 된다. 살리는 척하고 뒤로 죽이는 자는 아주 뻔뻔한 사람이다. 배움은 잘 쓰였을 때 배웠다고 볼 수 있다. 무력의 힘으로 다른 사람을 제압해보려는 이의 배움은 무용지물이다. 누가 누구를 나무라기보다 직업에 대해서 알아서 다닌들 누가 뭐라 하겠는가?

고래 싸움에 새우 등 터진다고 내 경우가 여실히 말하여 준다. 배웠다는 이가 그들에 휘둘린 사람도 참 어리석기 짝이 없어 보였다. 모두가 오른쪽으로 가도 왼쪽이 옳은 길이라면 난 왼쪽 길로 나아가고자 한다. 배움은 무기로 나쁜 행동을 행하려는 자는 파렴치한이다. 바위에 계란 싸움과 같다. 어울리지 않은 옷을 입고 출입하는 거랑 같다. 나쁜 것도 사전에 말하고의 여부에 따라 차이와 결과는 다르다. 자신의 그릇은 자신이 비워야 한다. 남한테 대신 떠 미루니 싸움이 터지지 아니할 수밖에.

어느 때는 적당한 사람 통함은 두려움이 감소한다. 난 어려서부터 죽을 만큼의 무서움을 많도록 겪었다. 그런데 지금 나이에 '말'이란 것이 얼마나 사람한테 생과 사를 가름하고 내 안전을 지킬 수 있다는 것이 '말'이라는 것을 절실히 느낀다. 난 이 '말'이란 것을 잘 해보지도 않고 단단히 내 저변에 숨기듯이 하여 날 괴롭히는 줄도 모르고 살아왔다. 꺼내고 싶어도 주위가 문지기처럼 지키고 있어 더욱 두려움에 이 말하는 것을 잊고 살아왔다. 나이 있는 이도 자기 생명을 보존하려면 갓난아이의 목숨도 탐한다는 것을 느낀다. 사람이 어느 그때부터인가 점점 멀어지기 시작하였나 보다. 내가 싫어하는데도 말은 나오지 않고 싫은 사람들은 내 옆으로 오고 정말 진드기같이 싫었다. 벌레같이 느껴졌다.

말이 끝나면 잊으면 그만인데 난무한 사람은 사나운 기세로 물고 늘어진다. 가장 아픈 데는 자신만이 다독일 수 있다. 내 마음이 복잡하다 보니 잡념이 들어 글을 써나가는데 여간 혼란스러운 것이 아니었다. 사람은 솔직함에 누그러지고 용서하게 되고 부드러워진다. 솔직함은 트러블이 안 생긴다. 배고픔도 얼마나 억지로 참았는지 나 자신이 안쓰럽기도 하다.

그래서 내 마음이 쉽게 열리지 않고 냉정한지 모른다. 내가 존경스런 사람은 끝까지 참아내고 이해하려 하고 기다려 주는 사람이다. 내가 싫어하는 사람은 남의 일에 제멋대로 끼얹는 사람이다. 이제는 기다리는 게 싫다. 그동안은 나의 일 다 못하고 기다려 주는 세월을 보냈다. 이제는 나의 일 마치면 기다리지 않고 돌아오는 것이다. 모르는 사람 사정 봐주는 것도 이롭지 않다는 것도 알게 됐다.

난 그러고 보면 내 가까운 주위부터 잘 아는 사람이 없었다. 그런데도 불구하고 난 그들 주위에 있는 것이다. 그러다가 결국은 진짜 잘 모르는 사람을 아는 것처럼 이상한 경우가 있었다. 생각해 보면 내 혈육이 그 이상한 경우로 잘못 부딪혀 엮인 것이라는 것을 늦게 집작됐다. 굴러온 돌이 박힌 돌을 뺀다고 모난 게 정을 밀어내고 자리 차지한 셈이다.

　사람 사는 것은 사람한테 잡념이나 집착이 그렇게 된다는 것이다. 깨끗하지 못한 물에서 나오려다 되려 방해자로 인해 나오지 못한다. 그러다 보니 나아가서 정말 잘 모르는 사람들을 잘 아는 듯이 꼬인 경우인 인생이다. 잘 안다는 것은 어떤 것인가? 나 또한 딛고 상대 또한 딛는 것이다. 양쪽이 이로울 만큼 공감하는 것이다. 어려울 때 알아주는 것이다. 내가 아플 때는 물어봐 주는 것이다. 더 많이 알게 되면 배려심도 있는 것이다.

　이따금 밖에 외출은 기분을 전환하게 해준다. 사람들의 말소리에 마음을 가다듬는다. 밖에서 가볍게 물도 마시게 된다. 많이 바뀐 셈이다. 사람들과 잘 맞아서 넘어갈 때도 있지만 사람들과 잘 맞지 않아도 말 표현은 두려움을 많이 가시게 된다. 외부의 사람이 들어온다는 것은 평화의 징조가 깨질 우려가 있는 것이다. 잘 들어오면 좋지만 균형이 맞아야 한다. 있는 자리의 사람이 제일 나은 것이다. 이제 많은 감정이 내려졌다.

　사람과 대화할 때 기억이 말이 끊어져서 너무 힘들었다. 홀로 있을 때도 할 말을 기억하기 위해 기억이 끊어져서 너무 힘들었다. 먹는 인생은 말한다면 인생은 부지런함과 노력이 아니면 살 수 없다. 노력과 부지런함으로 더 나은 인생으로 개척해 나가야 한다. 얼마든지 할 수 있다. 마음이 서 있다면 말이다. 가장 불행한 이는 배움을 떠나서 있고 없고를 떠나서 마음을 나눌 수 있는 통한 이가 없다는 것이다. 그래서 자연과 함께하나 보다.

정말 위기에 몰릴 때는 인간의 마음은 상상외로 되기 쉽다. 어찌할 수 없는 게 인간이고 어찌해서 살아갈 수밖에 없는 게 인간이다. 되도록 좋은 길로 나갈 수 있게 되어 있는 길도 있어서 나갈 수 있다는 게 인간의 길이기도 하다. 좋은 길로 통할 수 있고 여러 갈래라서 자유롭게 갈 수 있다. 그리고 잘못된 삶도 옳은 삶으로 바꾸어서 살 수도 있다. 이런 마음을 알아도 실천하기는 어려운 것이다. 제일 나쁜 이를 피하면 다행인 것이다.

한 아이를 차지하는 것은 한 집을 차지하는 것이 된다. 넘어서 다른 주위들도 거저 집을 차지하게 되는 것이다. 나아가서는 한 동네를 차지하듯이 활개 치고 더 나아가서는 사회를 혼란되게 한다. 더욱 나아가서는 나라를 좀먹는 큰 도둑이 되는 것이다. 배움은 인간에게 부여된 좋은 포장이다. 단지 너무 헤집어졌을 때는 너무 복잡한 사람들에 의해 해결할 실마리도 잊기 쉽다.

문제없는 생활을 지니려면 서로 분리와 함께가 적당히 조율할 줄 알아야 한다고 생각한다. 어느 한쪽에 쏠리다 보면 자신을 잃기 때문이다. 내 깊이만큼 나를 안에 가두지 말고 적당하게 밖으로 분출해보자. 숨도 잘 쉬질 것이고 걸음도 나에게 붙을 만큼 편안해짐을 느낄 것이다. 삶의 길은 험한 길을 만나면 방향을 바꿀 줄 알아야 한다.

한 일주일 이상 날씨가 포근했다. 포근한 말은 사람 마음에 지대한 영향을 미친다는 것을 사람들과 나눔으로 더욱 느낀다. 난 이전처럼 느끼지 않는다. 내 아픔을 건드리면 느끼고 말할 줄 알고 아니면 피할 줄 안다. 또한, 아니다 싶으면 제 감정이 아닌 사람들 인간이 아직 멀었다고 말할 수 있다.

지금은 다행인 것은 알맞은 병원에 다닌다는 것이다. 인간이 웬만하면 덜 아프고 덜 싸우고 잘 살 수도 있지 않을까 생각해 본다. 이러지 못하고 사는 것은 인간의 한계라 생각된다. 인간은 배워나가고 끊임없이 그래야만 살아가는 인간으로 생각된다. 한 명 한 명이 새롭게 깨닫고 다른 사람이 무거운 짐을 진 것처럼 보이면 거들거나 내려놓아 도와줄 마음이 생기거나 아니면 자기 길만 걷게 되기 바란다. 한 사람을 건지려면 여러 손이 필요하다. 우리는 필요한 손이 되어야 한다. 한 아이가 제대로 서려 하는 듯이 말이다. 살기 좋은 세상에서 살고 있다고 말해지면서 사는 세상이면 좋겠다.

자기 줄에 있지 않으면 어려움이 있다. 자기 줄에 있어야 안전하다. 공동사회라는 것을 인식하고 살아야 한다. 아픈 내면을 가진 사람은 되도록 사람을 만나는 것이 그다지 좋은 일은 아니라고 말해두고 싶다. 쉴 수 있어야 좋고 오랜 쉼 속에 마음은 저절로 아물어진다고 말하고 싶다. 사람 만나는 것은 건강할 때 가능한 것이다. 경험도 깨달음에서 나오고 배움도 최고의 경지에서는 깨달음이 나온다. 사람들의 깨달음의 정도는 다르다. 하지만 큰 깨달음은 상대를 대놓고 무너지는 말은 하지 않는다. 심경을 건드리지 않는다는 것이다.

자기 일에 충실하지 못하고 남 위에 서보려는 이들한테서 조잡한 단정이 나타난다. 깨달음이 아닐지라도 사람 가운데에서 삶은 누가 누구를 단정 짓기보다 편한 배려심 있는 일로 시작하여 살아간다면 우리 사회는 건전하고 건강한 사회 속에서 삶을 누려가며 살아가는 사회인이 될 안정감을 가질 것이다. 사람 만나고 대화하는 것이 어렵지만 주어진 기회 속에서 나름 깨달아진 것이다. 나의 것 존중해 주면 남의 것도 존중받을 수 있다.

내가 건강하고 정상적인 가정에서 자랐다면 아마 학교 교사가 되었을 것이다. 그리고 그 일이 마땅한 나의 직업이라 생각된다. 지금 존재한다는 데 뜻이 있으면 깨달음도 있었다. 감사하며 살고 싶다. 건강을 생각하며 살고 싶다. 길을 잘 몰라 물을 때는 상대방은 올바로 알려 준다지만 난 두려워서 또 묻고 불안해서 또 묻고 초조한 적이 많았다.

헛걸음도 많이도 하고 발이 쇠할 정도로 몸이 닳은 느낌이 들어 사람들도 낯설게 느껴졌다. 잘못 믿은 꼬인 사람 말에 잘못 길을 따라 들어섰다. 그녀는 욕된 모습의 장면을 보인 것이다. 그 순간 아닌 상대를 나 자신이 좋게 대해준 자체도 두려웠다. 내 혈육도 잘못 꼬여 만나 이처럼 사악함에 다쳤구나 하는 생각에 낯선 상대가 무서웠다. 그 낯선 상대는 그 길로 우리한테 접근했다고 볼 수 있다. 주위에 있는 이도 판단이 어두워 꼬였는데 어안이 벙벙했다. 이런 낯선 이에 꼬여서 헛된 세월 잠깐 오염된 곳에 있는 것이 오랫동안 잊히지 않고 괴로웠다. 그런 사람의 말에 휘둘린 사람도 바보 같아 보였다. 그런 뒤로 난 생고생을 했다.

그 상대를 가까이하는 이들이 휘두른 것도 어리석어 보였다. 가까이하고 싶지 않았다. 낯선 상대는 척 느낌처럼 느낌대로였다. 가족들의 만난 형태가 오로지 안전에 불감증인 것 같고 오직 속물근성이었다. 물질만 다치는 것이 아니라 사람 다치는 것도 인생 헛되게 되는 것도 갖춘 것 같다. 여기서 나오려다 되려 못 나오게 될 상황이 되어버렸다. 가족도 주위도 마음이 맞는 사람은 거의 없었다.

늦게야 무서운 상황에서 살아왔다는 것을 느낀다. 그들은 끼리끼리 잘 맞아서 잘 모른 사람도 잘 아는 것처럼 꼬인 인생을 아무렇지 않은 듯했다. 안다고 곁에 있는 것이 잘 몰라도 곁에 있는 것이다. 내 편이라고 있어도 나 같은 건강이 허약하다. 부모님도 각자 다른 마음이어서 믿고 나눌 편한 대상이 없었다. 내가 있는 가정은 대화가 있는 가정이라기보다 경쟁 집단같이 느껴진다. 무서운 상황의 곳이었다는 것을 처음으로 느낀다. 맑은 사람은 있기가 어렵다.

이런 기분으로 우울하게 보냈다. 그런데 재작년인가 의류 교육에 참여했다. 사람 사는 것이 자연스럽게 느껴졌다. 정말 굳은 마음이 눈 녹듯이 녹았던 한 달이었다. 참 잊지 못할 기억으로 남는다. 나이에 불문하고 일할 수 있는 사회가 되면 좋겠다는 생각이 들었다. 사람 엮임은 쉽지 않다. 단지 정신을 차려야 한다. 함께할 줄 알아야 한다. 나의 일을 가지고 나의 일이 있어야 한다.

한쪽이 바로 서면 다른 쪽도 바로 서게 된다. 다른 쪽이 그르치면 다른 한쪽도 그르친다. 자연히 사람 사는 세상으로 들어오게 된다. 사람 사는 사회가 고립됨이 없이 사는 게 인간이다. 내 기분이 좋으면 옆으로 나누고 싶어진다. 이런 게 삶인 것 같다. 먹는 것도 가까운 이와 나누고 산다면 다른 마음이 안 들 것 같다. 부정의 마음도 씻어지고 긍정의 마음이 자연히 돌아설 것 같다.

삶 중에서 먹는 삶이 가장 행복함을 느끼지 않을까? 사람 인연은 사소한 데도 좋은 인연으로 바꿀 수가 있다. 또한, 반면에 좋아 보이고 대단해 보여도 그릇된 길로 바꿀 수가 있는 것이다. 우리는 교육이 주입식이다 보니 다른 것도 주입식으로 하는 경향이 있다. 교육은 주입식이 될지언정 사람에게 끼치는 영향은 주입식이 되면 이롭지 않다. 자신의 생각은 자신의 길대로 펼쳐야지 남의 생각대로 판단을 다른 사람에게 강요하듯이 하면 안 된다는 것이다.

서로 나눌 것이 있고 서로 의논할 것이 있는 것이다. 난 우울함에도 내 아이와 대화를 트기 위해서 아니할 봉사로 시간을 허송했다. 내 몸을 돌보는 데 약했고 내 아이까지 신경을 써주지 못해서 잘못된 시간을 보냈다. 아픈 것도 상당히 견디면서 지내왔다. 주어진 대로 허락되는 대로 살아보고자 한다. 인생의 꼬임에 의해 경험의 길이 막혔다.

그로 인해 하지 못한 경험과 사회의 변화에 발맞추기 위해서 할 수 있는 노력을 기울여 보자. 길을 피해간다는 것은 사람을 피해간다는 것이다. 잘 보고 간다는 뜻이다. 옳게 말해줘도 불안하고 초조했다. 대중교통 이용해도 길을 묻거나 했을 때 바른길을 알려줘도 불안했다. 그 정도로 기억도 생각도 공허했다. 아무런 생각조차 할 수 없다는 게 나 자신도 모를 정도였다. 길을 잃기도 했다. 방향을 잃었다. 내가 병원 가고 싶다는 말에 엄마가 뿌리쳤다.

내 마음이 착잡하다 보니 몇 분의 심리상담사를 만나보았다. 가정 안에서 부모님 안에서 충분하다면 아니할 일이었다. 한두 번 지나면 고민과 갈등이 생긴다. 그래도 내가 아픈 와중에도 했다는 것에 다행인 것이다. 그러던 중 이상하게도 많은 변화가 생기게 된다. 비가 무진장 내리거나 폭풍같이 쏟아져 내리기도 한다. 나갈 수 없는 정도가 된다.

그러다 보면 마음의 여러 변화가 생긴다. 예상의 변화를 느꼈다. 비가 예상을 넘었고 눈이 예상을 넘었다. 아닌 것은 아닌 것이었다. 돌아보면 내 주변이 나를 헤집는다고나 할까? 헤집으니까 심리센터를 방문하게 되는 것이다. 인간의 비롯된 사소한 일을 난 그 이상의 힘으로 해결할 셈인 것이었다. 남보다 많이 알아도 인간 생활의 기본을 모르거나 잊으면 사람들은 성급하게 판단한다. 그러다 보면 나 또한 아는 것을 나 자신만 모른 것처럼 인식된다. 여기서 싸움의 갈등의 문제가 생긴다. 사람들과의 거리가 생긴다.

인간 생활에 잘 어울리는 사람이 있는가 하면 이런 생활에 익숙하지 못한 사람도 있다. 그래도 다독이고 싶은 말은 사람들의 삶은 제각각 다르게 산다는 것이다. 그 속에서 어울리되 내 중심 자리는 잊지 않아야 한다. 빠른 사람도 있는 반면 늦는 사람도 있기 때문이다. 직업은 말하자면 좋고 나쁘다고 말하지는 않는다. 다만 그 직업이 다른 사람을 훼손했을 때는 아주 나쁘다고 말할 수밖에 없다.

잘 알면 잘 말할 수가 있다. 적당히 알면 적당한 만큼 말하게 된다. 적당한 만큼을 전부로 생각될 때는 오해를 일으킨다. 늦은 밤이 애매한 사람을 죽음으로까지 몰고 간 것이다. 늦은 밤은 칼날로 돌변한 것이다. 늦은 밤이란 것을 미리 알았던 몰랐던 그 옆 주위는 크나큰 상처가 되어 있는 것이다. 혼란과 그것으로부터의 상처는 주위를 어둡게 몰았다. 그 어둠에 사람들은 판단이 무뎌졌다. 흐린 판단에 있기 싫어졌다.

칼날에 던져진 공부가 싫어졌다. 그것으로부터의 말에 어두운 판단에서 멀어지고 싶기 때문이다. 그래서 다친 줄도 모르고 이어져 온 것이다. 사람들의 땀방울이 보이기 시작했다. 그 어둠의 주위를 정리하다 보면 아픈 내 마음은 나 자신 아니면 다독이기 어렵다. 어떤 위치에 있더라도 내가 정신적으로 마음으로 받은 무게를 진실로 안다면 오해가 덜 생긴다. 일부를 가지고 전부를 차지하려는 자는 길을 잘못 들어선 것이다. 자신의 길로 돌아서야 한다.

사람은 나와 너무 안 맞으면 꼬이기도 하고 처음부터 꼬임이 시작된 것도 있다. 부모님과 잘 안 맞아도 인생이 꼬인다. 즉 고요한 바다에 돌멩이를 던지면 그 줄 따라 파도가 일듯이 온 마음에 파동을 일으키는 거나 다를 바 없다. 칼날에 던져진 공부는 할 수가 없는 것이다. 난 공부하는 것이 지루하지도 않고 아는 것에 재미를 느낀다. 그런데 그것으로부터의 말에 던져진 공부가 하기 싫어졌다. 내가 그 비슷한 유형의 말에 부딪히면 내 몸이 반응하여 내가 칼날에 베이듯이 몸이 그렇게 되기 때문이다. 고등학교 때까지는 포근하신 선생님들로 공부를 잘하지 못해도 하고 싶어 하고, 그 소용돌이 와중에도 공부하기를 마다하지 않았다.

가정도 사람이 맞아야 올바른 밥을 먹을 수가 있는 것이다. 먼 길을 발 아프게 몸 아프게 이끌어 왔다. 사람은 양보다 내 몸에 맞는 질 있는 식단이 좋다. 너무 사람들이 자신의 욕심에 다른 사람을 통제하려니 문제가 생기는 것이다. 남보다 앞서려는 남보다 우월하려는, 남을 지배하려는, 남을 재단하려는 이런 마음이 사람의 간격을 멀게 한다. 내 부모님도 자녀를 지배하려는데 별로 좋은 것이 아니다. 지배하려다 보면 오히려 사람을 잃는다. 포근한 사람에게 다가간다. 자신을 수양하는 마음이 필요하다. 때에 맞추어 먹는 식사도 중요하다. 사람 몸만큼 중요한 것은 없다.

그런데 낯선 도시에서 꼬인 공부는 오히려 하기 싫어졌다. 인간인 사람은 잘못을 느끼고 반성하고 깨달을 줄 아는 사람이어야 된다고 생각된다. 사람 사는 세상이 보이기 시작했다. 예상 넘은 눈과 비가 변화의 느낌을 주고 코로나가 더 큰 느낌을 주었다. 사람들의 간격이 보이기 시작했다. 그동안은 숨 쉴 틈 없이 간격의 틈이 보이지 않을 정도였다. 숨이 막히게 말이 안 나올 정도로 틈이 없었다. 스트레스에 생명이 보이지가 않았던 것이다. 사람은 자기가 어울리는 사람과 이루어야 맞는 밥을 먹는다고 할 수 있다. 자기 식단이 있기 때문이다.

식사를 잘 챙기듯이 하면 사람 관계도 더 부드러운 마음을 갖게 된다. 어쩌면 난 초월의 힘이 아니었다면 이 세상에 존재 않는 사람이다. 이 글도 없을 것이다. 다행이라면 내가 존재해있으니까 깨달음을 얻고 가는 것이다. 과거로 돌아감의 말은 오염된 물에 담가진 기분이 든다. 내가 민감한 것일까 아니면 지나친 생각일까 되돌아보지만 내 마음이 편하게 돌아설 때 돌아서는 것이다. 죽음의 문으로 꼬여서 잘못 던져졌다면 이 같은 생각이 민감하다고 지나치다고 말하고 넘길 수 있는가? 내가 없다면 가족이 없다면 이런 생각이 지나치다고 민감하다고 말할 수 있는 사람이나 있을까? 세상이 황무지가 되어 없다면 이런 생각이 지나치다고 민감하다고 말할 수 있는 사람이나 있을까?

진정한 눈물과 사과는 사람에게 있어야 마땅하다. 유유상종은 보기에 좋으라고 있는 것이다. 맞는 자리에 맞는 물건이 있는 것이다. 어린아이도 제 몫을 해야 하고 학생도 제 몫을 해야 하고 부모도 제 몫을 해야 한다. 제 몫을 하다 보면 갈등이 안 생긴다. 그런데 건강이 안 따라주면 제 몫을 하기가 어렵다. 웃음도 억지로 웃는 것은 다치기 십상이다. 어린아이가 울어야 할 때 울지 못하면 건강하지 못한 것이다. 부모라고 다 제 몫을 받아들이기 어렵다. 제 몫을 해야 함을 느낄 때 하면 되는 것이다. 늦을 때 새로 느끼고 시작하는 것이다. 병원 상담은 내 마음속 적지 않은 시간 속에 일부분 마음의 작용을 했다.

두려운 마음들이 조각조각이 되어 흩어지기 시작해 감소되었다. 내 마음이 흔들리지 않게 고정해 두어야겠다. 그러려면 단단히 붙들어 메워두어야 한다. 세상에는 다양한 일들이 많다. 그 일이 정당하면 욕할 일도 아니며 비꼴 일도 아니다. 자기 일에 자부심을 가지면 두려움이 없다. 인생의 전반기를 다른 사람한테 맞추듯이 살아왔다. 후반기에는 나 자신한테 맞추고 싶다. 무슨 일이든 억지로 할 것까지는 없다. 상황이 되는대로 하면 된다. 사람들이 일할 수 있고 존중받는 사회가 되면 좋겠다. 항상 감사하는 매일이 되면 좋겠다.

그 어떤 날 공포가 엄습하였을 때 누구도 무서울 정도였다. 처음으로 내 마음과 다르다는 것을 느꼈다. 어느 사람에 의해서 절벽으로 내밀려질 때 아무 생각이 들지 않았다. 그저 무서운 어둠으로 발길이 닿기만 하였다. 아주 오랫동안 내 몸이 형체만 있을 뿐이었다. 속은 곪고 헤지고 문드러질 정도가 되었다. 그런데도 역시나 나쁜 사람은 따로 있었다. 사람을 죽이려 들면 한없이 맹수가 되어간다는 말이 사실인가 느껴졌다. 내 상황에서는 처음으로 공부가 좋은 것만이 아니라는 것을 느꼈다. 일에 대한 집착도 사람에 대한 집착도 정신만 쇠하고 몸만 고단하다. 괴롬은 무한을 낳고 아쉬움은 유한을 남긴다. 먹어도 맛을 모르겠다. 사람의 심성이 편하냐 편하지 않느냐인가 보다.

내 상황에는 얼마든지 공부보다 좋은 것이 많다는 것을 느꼈다. 그 공포를 겪고도 아픔에 젖었다. 그 사실을 잊고도 잘 모른 사람한테 넓은 호의를 베푸는 아픈 증상은 이어졌다. 그리고 진통을 겪은 후에야 제정신을 차리었다. 인생 중년에 들어서 생각을 할 때쯤이다. 이제 어린아이가 세상에 태어난 시점이 곧 죽음과 같은 시기라면 그 시기에 정신이 들어서 사람 분별하는 마음이 조금 들기 시작하였다. 공포는 사람이 작은 오해와 부도덕한 욕정과 질투의 마음으로 괜한 사람을 공포의 늪으로 몬다는 것을 처음으로 느꼈다.

난 살아오면서 부모님과 담소해보지 못하고 다움답게 생활해보지 못하고 부모님 돌아가시고 가족들과 남남 되듯이 되었다. 그래서 외부 사람이 있는 사람을 밀치고 사람 관계를 가른다는 것을 사람다운 인간미가 없다는 것에 다시 한번 생각하게 되었다. 이 글이 지금 쓰이면 코로나가 안정기에 들어설지 모르겠다.

어린 시절 발에 오염이 묻어 털어내지 못하고 마음속으로 이겨내 보려고 하는 것이 될 줄 어린 마음에 들었던 것이다. 난 어린 시절 내 얼굴은 창백하였고 내 모습은 기운이라곤 없어 보인 아이였다는 것이 연상된다. 어떻게 그 세월을 이기고 보냈을까? 마음이 들 정도이다. 어린 시절 학교 선생님들의 마음은 나를 포근하게 대해주신 것 같다. 내 몸의 약함을 아시고 대해주셨다. 그 힘으로 아마 이어오지 않았나 싶기도 하다. 학교 갈 때쯤에는 학교 종소리에 깨어나 아침 일찍 학교에 가곤 했다.

추억의 기억이라곤 많이 없다. 많이 까먹고 생각 못 하고 심지어는 나 자신의 모습도 생각을 잊을 정도였으니까. 그런데도 선생님은 포근하게 대해주신 기억이 무척 고마운 기억으로 남는다. 그렇게 초등학교를 졸업했다. 그 후로 중학교에 들어가게 되었고 그럭저럭 내 마음 가는 대로 학업에 전념했다. 학교는 커다란 문제 없이 다니고 역시 졸업하고 고등학교를 들어가게 되었는데 갈등이 생겼다. 인문계 고등학교를 가고 싶어하는 내 마음과 다르게 난 가고 싶지 않은 상업학교를 가정형편에 맞추어 가족의 바람에 상업학교에 입학하였다. 계산하는 것, 셈 논하는 것, 타자 치는 것, 전표 공부하는 것 이런 것은 취미도 없었다. 그런데도 열심히 하였다. 아무 무리 없이 학업에 열중하였다.

그런데 졸업 무렵 너무 시간이 나를 짓누르듯이 힘들었다. 공부가 고되게 느껴졌다. 남은 한 학기 남겨두고 다른 생각에 깊이 잠겨 들었다. 잘 모른 낯선 이와 가족에 이끌려서 낯선 도시에 온 것이 내 인생을 곤두박질칠 일이 되고 말았다. 이때 고비 이후로 공포의 사람을 겪게 되고 혼란의 일과 죽음에 맞닥뜨릴 일을 겪게 되었다. 부모님 돌아가시고서 나 자신의 기억을 가다듬기 시작하였다.

화병의 꽃을 들에다 부어다 놓은 격이었다. 두뇌로 싸우지 못하고 힘으로 싸우지 못하면 방법이 없다. 술수나 꾀도 통한 사람에게나 통한다. 존재하는 것은 그 목적이 있는 뿌리가 있기도 하다. 난 내 마음이 순탄하여 고등학교까지 포근하신 선생님들 아래서 순조롭게 학업에 매진했다. 사람이 다르다고 엉뚱한 사람 곁에 있다 보면 가지 않아야 할 다른 길로 들어서게 된다. 즉 성질이 다르면 순탄한 사람한테 멋대로 대하게 된다.

그 옆을 빠져나오지 못한 데는 그만한 이유가 있는데도 이유를 모르고 구박당하고 살게 된다. 공부보다 더 중한 게 있다. 사람 관계다. 사람 관계는 공부에서 얻어지기보다 생활에서 쌓게 된다. 서로의 영역이 없고 서로의 주체가 없으면 그 관계는 무너지게 된다. 어려서 상처는 치유하기가 어렵다. 아이가 힘들어하고 많이 상처받고 아프고 나서야 한참 후에 나 자신이 한 일들이 잘못된 것이라는 것을 깨달았다. 많이 좌절했다. 처음으로 죽고 싶다는 심정이 이런 것이라는 걸 깨달았다.

태어난다고 살아지는 것도 아니다. 부모 만난다고 살아지는 것도 아니다. 머리 좋다고 살아지는 것도 아니다. 착하다고 살아지는 것도 아니다. 살아가는 데 이로움은 체질인 것 같다는 생각이 든다. 체질과 힘다운 기력이다. 심리도 하다 보면 정도라는 게 있다. 할 수 있는 부분이 있고 자신이 해야 할 부분이 있다. 이걸 구분하면 한결 마음이 편하다. 큰 돌을 부수기까지 자잘한 가루가 되기까지 많은 시간이 걸리었다. 어려서 상처는 핏덩이 아이만큼 다루기가 쉽지 않다. 인생이 걸릴 수가 있다.

　내 발등을 밟는 이가 있으면 아프다고 말해야 한다. 두려워 참는다고 제일은 아니다. 나를 위하여야 하고 내가 중심이니까. 아이는 공부에는 마음이 없는데 엄마 혼자서 들쑤시고 다니는 격이다. 이런 어지러운 상황에서는 아이와 놀아주는 것이 최고다. 아이와 맞추어서 놀아주는 일이 학업이다 할 정도로까지 놀아주어도 괜찮을 것 같다. 더 많은 정서적인 소득이 돌아온다.

　얼마 전까지 점점 세포가 죽어가는 것을 느꼈다. 그런데 익숙해서인지 느끼지 못하면서 공포가 나를 눈뜨게 한다. 힘이 되는 말은 죽어가는 세포가 살아남을 느낀다. 살아가기 위함을 처음으로 느껴본다. 생명이 살아있어서 살고 생명이 죽게 되면 없는 것이다. 내일의 꿈도 꾸어보고 사람들과 추억도 가져보고 하는 것이 살아가기 위한 내일이 아닐까? 시작은 작은 일에서부터 출발하기 때문이다. 두렵고 위기가 느껴질 때는 차분하다가도 그 위기가 지나면 다시 조각난 퍼즐처럼 기억이 조각되어 정신없는 말과 행동이 된다. 이건 병이다.

　그래서 위기 때 할 일이 있는 것이다. 그리고 다음 할 일을 차분히 기다리고 하게 된다. 그렇다고 두려움 병 자체가 사라지는 건 아니다. 어려서 지뢰밭 같은데 디디면 나중에는 폭탄을 딛게 된다. 세상에 없는 것을 보면 자기 것도 아니면서 차지하려는 이들이 문제의 사람이다. 시간이 지나면 위기를 느낀다. 두려움 증상이다. 발을 어려서 헛디디는 것 사람 구분 못 한 것 지뢰를 연달아 밟는 느낌이다. 살아있는 세포도 있고 죽어있는 세포도 있는 것처럼 느껴진다.

　죽은 세포가 살아난 느낌의 기억은 조심과 안정감 맞춰진 그림이다. 조각난 그림이 한 그림처럼 맞춰져 있는 것이다. 꽉 차 있는 그림 같다. 안정감이다. 이런 게 느껴진다. 지금은 주위에 무엇이 있는지 잘 보고 다녀야겠다는 생각이 들게 된다. 치질 때문에 오 분도 안 되어 화장실 드나드는 진짜 불편하고 죽을 맛이다. 두려움이 운명처럼 달고 가는 것 같다. 신체 고통이 클수록 난 진하게 아픈 말을 내뿜게 된다. 세월이 금 같은 나의 시절 그때를 명심하라는 기억이다. 약한 인간을 괴롭혀서도 안 되고 약한 인간을 구석지게 내몰아서도 안 된다.

항상 느끼지만 약한 순수한 아이를 침해한 것은 곧 죽음으로 던지는 거나 마찬가지다. 인간의 별수 없는 한계이다. 인간에 의해 아픈 이는 한곳에 기둥처럼 마음이 열리지 않고 꽂히기 마련이다. 그리고 인간은 아픈 이에게 마음을 열리게 해줄 수가 없다. 자연만이 변화를 주어 깨울 수가 있다. 너무 어지러운 것을 어찌 다 말할 수가 있나? 내가 주체가 되어 하자. 내가 이끌 듯이 하자. 자연이 하는 것은 인간의 몫을 다할 때까지이다. 이해할 수 없으면 하지 마라. 스스로 이해하게 두는 것이 위하는 것이다. 인간의 두려움이 인간에게 두려움을 준다.

자연은 인간에게 두려움을 주지 않는다. 어떠하게 느끼느냐에 따라 다르다. 나의 아픔은 인간이 이해하기 어렵다. 말은 이해할지라도 행동은 이해 못 한다. 설사 말을 이해 못 하면 기적의 힘도 알 수가 없다. 발가벗기는 듯한 마음을 보일지라도 인간은 이해를 따라가지 못한다. 그 어떤 금은보화로도 바꿀 수가 없다. 우렁차게 흔들어도 인간은 이해할 수 없는 것이다. 그저 자연의 이치와 순리를 지켜볼 뿐이다. 사람은 사람다워야 한다. 진짜 위함과 거짓 위함을 구분할 줄 알아야 한다. 큰 돌은 큰 돌에 맞추고 작은 돌은 작은 돌에 맞추어야 한다. 두려움을 없애야 두려움이 되지 않는다. 가볍게 말할 수 있는 것은 말해보자.

인간이 머리가 있는데 못하겠는가? 서로 힘을 모아 집을 짓듯이 한다면 두려움을 몰아낼 수 있다. 두려움을 주는 자에게 두려움이 돌아가야 제대로이다. 남녀 생활관계 돈의 쓰임 관계 이런 생활에 약한 사람은 인간 세상에서는 어려운가 보다. 인간 생활은 투쟁이며 경쟁이다. 억지로 인간을 이해할 필요는 없는 것 같다. 나를 이해하려고 하지 않았듯이 내가 인간을 이해할 필요도 없는 것이다. 인생 살아가는 데는 인간한테는 돈이 우선이다. 나와 거리가 먼 것인지 나의 양손과 두 발을 막아났는지 나에게는 크게 득이 없다. 큰사람은 큰물에 있어야 좋다. 작은 사람은 작은 물에 있어야 제대로 돌아가고 아름답다.

후세에 더 나은 세상을 건지기 위해서 한 작은 인간에게 부여된 인간 세상 유람길이다. 비슷한 인간이 없을지라도 살 수 있다. 인간은 비슷하지 않다. 보기와 모양이 다른 게 인간이다. 하지만 인간의 보이지 않는 마음을 다 알려고 하는 이는 그릇된 마음이다. 그리고 멋대로 말하는 자, 멋대로 들추어내려는 자, 겉도 속도 구분 못 하는 자 그릇됨이다.

인간에게 고귀함을 주는 것은 생각을 표현할 수 있는 글이 주어졌다는 것이다. 그릇된 길을 피하기 위해서 그릇되게 갔다면 더 나쁜 길을 피하기 위한 것이다. 성한 눈이 성하지 못한 눈보다 더 못할 수 있다. 금전만 취하고 인간의 거죽을 벗기는 게 무릇 인간이다.

울음을 터트리고 싶어도 울지 못한다고 죄이겠는가? 두려움을 말하고 싶어도 두렵다고 말 못 한다면 죄이겠는가? 어쩌면 나를 이해 못 한 상대를 깨우치게 하는 것이 될 수 있다. 그러하면 완성해가는 것이다. 짧은 말이어도 좋다. 완전할 필요 없다. 내일의 길을 가는 것이다. 서로 약속을 지키기 위해서이다. 머무른 길은 정해져 있다. 어쩌면 하나로 일치하기 위해서일 수 있다. 나이 들어 내 평온한 자리가 있으면 그게 행복 아닌가? 자리를 안다는 것은 어렵기에 적당히 알맞게 대면하고 나의 자리로 돌아온다. 자연을 실험해서도 안 된다. 순수한 아이를 시험해서도 안 된다. 한번 훼손되게 한 이는 그 자리에 들어서도 안 된다.

아이를 캄캄한 대로 속이며 강아지 목줄 채워 끌듯이 한 것은 짐승 같은 죄악이다. 모든 인간의 눈은 속여도 자연의 눈은 못 속인다. 한낱 인간의 욕심이 이토록 무지한 것이다. 철면피스럽고 파렴치하고 독한 그러한 인간은 한없는 욕심으로 살려다 자신의 웅덩이에 빠질 줄 모르고 끝없이 탐욕 부리다 인간의 탈을 벗는다. 나 자신만의 인간 생활에서 경험의 길이 막혀버린 거다. 아이를 상대로 어른도 성인도 자기 목숨 살려고 이득을 취하려면 서너 살 아이의 힘도 훔치는 게 인간인 것이다.


다변가는 거짓에 속고 거짓에 살고 거짓에 맞추고 거짓과 함께한다. 자녀도 있을 동안은 돌보고 무언가 남겨두어야 하고 모두를 위해서 길 안내하듯이 의미 있는 삶을 남겨두어야 한다. 살만한 후세들이 살 수 있도록 남길 수 있는 것을 생각하자면 할 것들이 있을 것 같다. 찾아보면 안에서부터 밖으로까지 깨어나야 한다.

깨우쳐 나아가라.

마음으로 지배하는 자는 어렵다. 보이지 않기 때문이다. 상처가 보여도 볼 수 없고 말할 수 없기 때문이다. 글로 지배하는 자는 보여서 알 수 있다. 하지만 느리게 가게 된다. 말로 지배하는 자는 행복한 장소이다. 급하게 할 것도 없고 빠르기 때문이다. 종교는 피난처이다. 이런 데를 잦게 찾는 이는 오염이 많을 수 있다.

구분이 안 될 정도로 자신의 자리가 혼란스럽게 되어 있기 때문이다. 아픈 말은 아프다고 말해야 나을 수 있다. 사십 오십 년간을 세상 눈감듯이 깜깜했던 세상을 코로나가 깨워서 세상을 보고 세계를 본다. 생각은 제대로인 데서 일어난다. 사십 오십 년 세상 보지 못하고 캄캄하게 했던 상황으로부터 나아가서 코로나로 세상을 보고 세계를 보았다.

시작 출발은 누구에게나 첫 문이다. 내 아픔은 내가 소리쳐야 낫는다. 난 주위 사람을 어떻게 바라보았을까? 주위 사람은 날 어떻게 바라보았을까? 내 마음만큼 아니었다. 내가 반응이 없고 아이 마음 아픈 것 모르고 있었을 때 아이의 여러 말에 정신 들게 한 것 같다. 사실 어려서부터 어지러운 속에서 얼마나 좋은 마음이었겠나? 지금 어떤 표현으로라도 자신의 말을 해주니 고맙기도 하다. 말을 해주어서 고맙다. 아픈 것도 힘든 것도 고통도 느끼고 알았으니 잘 맞는 데 다녀서 나아졌으면 좋겠다.

태어난다고 살아지는 것이 아니다. 부모 만난다고 살아지는 것이 아니다. 세상이 유한하고 무한하고는 모른다. 머리 좋다고 살아지는 것도 아니다. 순수는 자연의 일부이다. 상황이 중요할 때 어려움이 온다. 항상 웃음이란 미소도 기대도 못 하고 살았다. 웃음 다음은 언제 울음이 기다리고 있을지 모르니까. 아예 나에게는 고정된 무표정만 있었다. 억지로 웃음은 기분이 안 편하다. 내 식대로가 편하다. 기계처럼 항상 그 자세를 취하는 것이 버릇이었다.

상업적인 것과는 아예 안 맞고 다르면서도 내 나이가 중반기이지만 여건이 따라 줄지 모르겠다. 난 어려서 주눅 들어 살아와서 내가 주장되고 내가 이끌고 나를 밀어주고 나를 이끌어주고 믿어주고 행동하게 안 해봐서 어색하다.

각자 자신의 자리가 제일 안전하다. 남의 방식 자리는 바늘 가시다. 내 방식이 내가 힘이 있는 거다. 각자 자기 방식이 효과가 크다. 실수해도 잃어도 내 방식이 덜 잃는다. 남의 방식은 힘도 없고 더 많이 잃는다. 오래되어서 지금은 모르겠지만, 하여간에 복잡하게 산 사람들 속에서 내가 미치지 않으면 안 될 정도로 이상했다.

난 내 길에 다른 이가 치어 들어와서 생활이 보이지 않았던 거다. 사람은 자신의 기질대로 사는데 난 다른 사람 기질과 다르다 보니 힘들었던 것 같다. 남을 더 위하고 생각하고 난 뒷전이고 내 아이도 뒷전이고 그러니 아이가 화가 날 수밖에. 지금 인생부터가 진짜 나를 위한 인생이다. 조금 더 화를 가라앉히고 하다 보면 더 나은 생각이 일어난다. 적당할 때 화를 내지 못하고 사는 게 바보스러운 거다. 이런 것이 잘 치유됐으면 좋겠다.

부정적인 생각 말자. 잘 될 거야. 마음으로 꿈꾸자. 몸과 마음이 아직은 비우지 못하고 걸리고 아픈 게 있으니까 비워내는 과정이라 생각하자. 할 일 다 해놓으려면 건강이 우선이다. 맞물려서 도운 느낌을 주는 이들한테 고맙고 감사하다는 생각도 하게 됐으면 좋겠다. 전체를 위해서 어떤 이는 있다. 전부 의식하다 보면 못 사는 거다. 그러고 보면 단순한 유형은 사는 게 어렵나 보다.

굴곡 있는 균형이 세상 맞추기 수월하다고 할까? 그렇다면 의식을 바꿔야 한다. 서로 틀어져도 참 많이 틀어져 있었다. 정리도 내가 했다. 아픔도 내가 겪었다. 치우는 것도 내가 치웠다. 바로잡는 것도 온몸을 향하였다. 그렇다 하자. 다 좋으면 좋은 것 아냐. 사회가 좋으면 좋은 것 아냐. 너무 치어 들어오지 않으면 되는 거다. 함께 모여서 제자리로 돌아가 각자 할 일 하면 되지 않는가?

그리고 새롭게 새로 시작했으면 좋겠다. 용서도 각자의 몫이고 할 일도 각자의 몫이다. 환경이 받쳐주면 할 수 있다. 각자의 환경에서 바뀔 수 있다. 자신의 마음에 각자 사랑을 심어보자. 자식이 발을 잘못 디뎌 잘못 있었다 하자. 부모가 그 일을 말 못 해주니 이런 게 틀리게 맞물려진 각이다. 너무 머리 좋아도 못살고 땅은 인간만이 살 수 있는 거다.

# 2.
# 진실의 문

　시작의 문은 누구에게나 첫 문이다. 시작은 누구나 있듯이 공평해야 한다. 이제부터다. 시작을 일구어 나가야 한다. 할 수 있는 일은 누구에게나 정해져 있다. 높이만큼 어려움을 만난다. 한두 끝 차이라면 어려운 일에 부딪히지 않는다. 잴 수 없는 끝에 있다 보니 어수선한 상황에 이르게 되어 버린다. 누군가는 평화의 아이가 된다. 평화의 아이는 지극히도 어려운 난관에 직면한다.

　이 평화의 아이는 인간의 마음을 넘어선다. 그래서 어려운 상황에 있게 된다. 누구의 아이가 아닌 그 어떤 평화의 아이로 되어 간다. 돈은 정의로운 돈이 정의롭게 쓰인다. 아픈 사람을 아프게 한 부모님이 됐든 그 주위가 됐든 더 나아가서 교육장이 됐든 사회의 장소가 됐든 그 아픈 이로 인하여 말이든 음식이든 물질이든 그 어떤 것도 얻어도 의미가 되지 않는다.

소용도 되지 않고 아프게 되고 아픔을 얻게 된다. 진짜 주인은 진정으로 하는 자만이 그 앞에 당당히 볼 수가 있는 것이다. 환경이란 보여짐은 모두로부터 생각을 일으킬 수가 있다. 어떤 모양을 담는 것은 그 사람의 성질에 있다. 선과 악을 가리고 세상의 시작을 알리고 종말을 거두려는 평화의 아이는 다른 존재로 태어나 한 번뿐인 세상에 신비의 의미를 남긴다. 그 흔적으로 남겨진 사람들은 살아간다. 어쩌면 평온한 세상으로 탈바꿈하기 위한 시작일 수 있다. 세상의 질서를 남긴다.

코로나를 제자리로 가게 하기 위한 글이다. 코로나도 사회가 안정세에 들게 되면 제자리로 돌아가게 됨을 믿는다. 무질서와 사람들의 악함에 볼 수가 없어서 코로나가 머물렀다. 사람들이 좋은 마음으로 제자리를 지키며 살아가기를 바란다. 마음껏 해 되지 않을 정도로 사람들이 재미를 느끼며 살아가기를 바란다. 그러면 언제 그러하듯이 사람들은 생활에 안주한다. 세상을 구해내고자 선에게 향하여 숙제를 남기었다. 열심히 살라고 삶을 주셨다. 희망을 갖고 살라고 용기의 힘을 남기었다. 좌절하지 말라고 깨우침을 남기었다.

비와 천둥은 어떤 이의 일을 하는 이에게 가림막이 되어줍니다. 옳음과 그름을 뚫려 마음의 바른 정도를 이루게 합니다. 정체된 물을 뚫리어 흐르게 합니다. 정말 못된 이는 용서를 받기 어렵습니다. 이치와 사리를 분별 못 한 배운 이들도 많습니다. 좋은 날은 즐겨야 합니다. 주어질 때 즐겨야 합니다. 홀로 와서 홀로 간다는 말이다. 부모님의 몸을 빌려 태어날 뿐이다.

어떤 이가 누구건 길을 돌아서야 할 때 자연은 소리를 한다. 그 누구에게 향한다. 우리는 제대로 길에 들어서는지를 느낄 줄 알아야 한다. 자신의 몫을 다 받을 때가 되면 돌아오는 것은 마음이 아닐까 싶다. 매일매일 좋은 공기를 마시지 못했다. 얼마나 신선한 공기인가? 이 공기가 내 마음을 살찌운다. 남은 동안은 자연의 공기 속에서 아름다움을 발견하여 보고 싶다.

난 어려서 얼굴이 창백하였고 기운 없어 보이고 하였다. 해와 빛은 사랑이다. 죽음조차도 모르는 아이에게 죽음을 느끼게 한 이는 악과 다름없는 어둠인이다. 열심히 한 이에게 죽음과 자살을 느끼게 한 이는 악과 다름없는 어둠인이다. 좋은 것은 눈을 떴을 때만 가능하고 나쁜 것은 눈이 감겼을 때만 가능하다.


심리센터에서 시간의 배려는 일정 기간 있었다. 시간도 일정한 한계가 있는 것이다. 적당하게 다행한 시간이었던 것 같다. 나름 자기 방식으로 위안하면 되는 것이다. 꼬이다 보니 내 생애에 잊지 못할 그런 잘못된 C.F.G를 만난 것은 생전 처음이다. 그런 그릇된 이는 처음이다. 허무를 느끼고 실망을 느끼고 회의를 느낀다. 사람은 누구나 각자의 틀을 갖고 살아간다. 그래서 유지되는 것이 아닌가? 말할 태세도 안 되어 있는 아이한테 공격하는 맞지 않는 욕심이 가득 찬 잘못된 C.F.G를 생각만 해도 열 받는다.

사람 뿌리는 바뀔 수 있는 것도 아니고 본연의 뿌리로 살아가는 것이다. 난 내 존재 자체가 사람 거두며 사는 존재인가 하고 위안하며 다독인다. 체질이 따라 주지 않는 이상 어렵다. 좋은 뿌리는 있는 데서 머물게 하고 열매를 얻는다. 나쁜 뿌리는 없는 데서 머물게 하고 열매를 얻고자 하는 것이다.

마음을 찌르는 그것으로부터의 말은 개념 없는 이들이 쉽게 말을 흘리고 던진다.

그 일은 평생 생각하고 싶지 않아도 잊히기 어려울 만큼 생각되고 치유하기가 어렵다. 그리고 그 여파가 크고 오래도록 치유하는 데는 그만큼 걸린다. 개념 없이 분수없이 함부로 설치는 말은 그들의 마음에 심게 된다는 것을 모르는 어리석은 이들이다. 적당히 자기 할 일만 하는 사람이 보기도 좋다. 일을 어지럽히지 않으려면 가만히 있는 것이 낫다. 자신만큼만 사는 것을 모르는 이들이 남의 일까지 그르친다.

안 좋은 기억이 되살아나서 내 아이와 사이가 안 좋았다. 알레르기 반응처럼 자동으로 마음에 금이 가는 듯하다. 컵의 물에 티가 들어간 느낌이다. 사람 만나는 것은 어렵다고 생각한다. 이처럼 말하고 싶지 않은 어려운 부분이 있는 것이다. 거듭 되풀이해도 정리는 내가 할 수밖에 없는 것이다. 슈즈는 같은 짝이어야만 포개어진다는 것이다. 어쨌든 그 학교는 나와 안 맞는 곳이다. 악이 길어지면 나쁜 악이 승리한 것처럼 살아진다. 악이 다 차서 내려질 때는 선이 사라질 얼마 남지 않은 시간이다. 난 무의식에 사로잡혀서 기계처럼 살았다. 꼬인 부자유스러운 생활은 연속으로 이어진 삶이 되었다.

사람은 감정의 인간이다. 마음이 상하거나 기분 틀어지는 일이 되면 당연히 다른 사람에게 감정이 가하게 된다. 이런 게 없다면 오히려 이상하다. 그리고 마음이 큰 사람은 미련 두고 되뇌지 않는다. 나의 경우는 사소한 것 넘어서서 남들이 이해하기도 어려운 경우를 태어나서부터 시작하여 중반기까지 안고 왔다. 한 번은 오지도 않고 올 수도 없다. 이때 하지 않으면 또 어려운 한번을 겪을 수 있다. 그 한 번을 겪지 않기 위해서 지금 해야 한다. 그런 다음은 생활을 자유롭게 하고 싶다.

난 사람들의 필요 외의 말을 들으면 숨이 막히고 답답하다. 그래서 얘기를 나누는 것이 부담된다. 사실 기분 나빠도 나쁘다고 말하는 것조차도 나에게는 무겁고 부담된다. 목적 외는 숨 돌리기 힘들 정도로 사람들의 소리가 굉장히 답답하다. 그런 경우에 내 몸이 무거운 무게를 지듯이 힘겹고 답답함을 느낀다. 난 꼬여서 잠깐 다닌 직장에서 사고를 당했다. 거기에다 원치 않는 학교란 데서 일부 사람 입방아에 의해 겪지 않아야 할 사고를 당한 셈이다. 결과적으로 이리저리 꼬인 이와 휩쓸린 이들로부터 칼날에 마음을 찢긴 격이 되어 버린 것이다.

그 뒤로 말을 잃었고, 사람 부딪히는 것도 싫었고, 사람과 대화 자체도 안 되게 살았다. 심리가 괴로워 병원 상담으로는 부족하기에 심리센터도 두드려봤다. 그런데 나의 경우는 사람이 치유를 못 하는 거다. 사람한테서 건질 것이 있고 못 건질 것이 있는 것이다. 상처로 싸매고 다니는 세월이 전부였고 지금 현재도 사람과 함께 대화하기는 어렵다. 꼭 필요한 목적 외는 홀로 있는 게 가볍고 편하다고 할 수 있다. 사람의 진정한 웃음을 보이게 하는 사람을 존재로 한다면 자연뿐이다. 억지 웃음을 강요하는 사람의 뒤는 비수이다. 하고 싶은 공부도 멀어져가는 느낌이다. 난 살아감에 필요한 것은 독학으로 얻어야 할 필요를 느낀다.

나 경우 같은 인생 전부를 잃다시피 한 사람은 언제든지 기분이 저하되면 하강할 수 있다. 사람 접하다 보면 상처를 쉽게 받을 수 있기에 되도록 사람을 멀리하게 된다. 자연이 있어서 숨을 쉬고 마음을 열기도 한다. 약보다 귀중한 것은 부모님의 사랑이다. 부모님의 사랑이 있고서야 나에게 맞는 약도 있게 된다.

난 사람과의 사랑 관계는 거리가 멀게 느껴진다. 재미있는 세월은 태어나서 없는 것 같다. 오히려 깨달음의 경지를 얻어 세상 살아가는 데 마음의 위안을 갖고 사는 것이다. 항상 그 지점에만 있어야 하는 줄 알고 그 지점을 지키려고 하였다. 그런데 사람 속에서 오늘은 맑을 수 있고 내일은 흐릴 수 있다. 오늘은 비빔밥을 먹고 내일은 우동을 먹을 수 있다.

생각해 보니 정말로 나를 매어두고 살았다. 말을 잃어버리지 않기 위해서 글을 잃어버리지 않기 위해서 단지 배워야 할 필요를 느낄 뿐이다. 평생 가도 잊히지 않을 기억이라면 그건 인간의 도를 넘은 것입니다. 사고당한 기억은 이 세상 끝나도 지워지지 않으며, 정상의 마음으로 살아간다는 것은 이해될 사람은 잘 없을 것입니다. 학교라고 다 같은 데가 아니란 걸 절실히 겪었습니다. 그 돈으로 좋은 길 걷고 좋은 산책이 훨씬 더 좋고 이로운 교육인 것을 난 덫에 물리고야 정신이 들었습니다.

여러 변화가 있었고 자연의 소리도 울리었다. 이제 가벼운 마음 주의도 잡힌다. 내 아픔이 그럴 때였다. 내 아픈 괴로움에 사람들의 고통스러운 생각이 연상되어 스쳐 지나갔다. 내 아픔이 크듯이 다른 아픈 이들도 불쌍히 여겨졌다. 약으로 고생한 이들이 아픔을 덜 느끼고 살았으면 싶었다. 이 마음이 작용한 것은 좋은 밝은 세상이 되라고 그런 것 같다.

이런 생각이 들게 된다. 어린 양이 늑대 같은 사나운 동물을 피하여 도망가는데 늑대는 무섭게 뒤에 쫓아와서까지 어린 양을 뜯고 찢는다. 늑대는 어린 양을 앙상한 뼈만 남긴 채 할퀸 것이다. 악인은 어떤 상황에 냄새를 맡고 애매한 사람이 꼬여 들게 되면 앞뒤 구분도 없다. 악인 같은 이는 살쾡이처럼 작살을 내는 법을 알고 작살을 내는 데 쾌감을 느낀다.

이런 모습은 깨끗한 사람은 환멸을 느끼고 삶의 의미까지 상실되게 한다. 그저 보통 생각을 품은 사람만이 세상을 살아가는 데 익숙하다면 세상 돌아보는 법에 잠시 안주해본다. 땅은 악이 있고 악인도 있다. 이런 게 세상이다. 어느 상황 장소에서나 있게 된다. 그래서 거르고 거르고 하여 세상은 돌아가게 된다. 태어날 때나 돌아갈 때는 인생의 정답이나 공식은 없는 것이다.

어느 일정 기간이 지나면 안 좋은 기억은 잊혀야 합니다. 하지만 평생 가도 잊히지 않을 기억이라면 그건 짐승의 기억보다 더 도를 넘은 것입니다. 짐승도 물어뜯고 난 후는 뒤돌아 갑니다. 그런데 그들의 사고는 물어뜯은 뒤는 돌아서지 않습니다. 본성이 탐을 내는 정도가 돌아서지 않고도 재를 뿌립니다. 그들 인성이 정말 바닥 같습니다.

내 등뼈가 얼마나 아팠던가? 인간은 사실 먹고살기 위해서 노력하고 살아갑니다. 그 생각만으로 위안이 된다면요. 이런 악을 지우고 넘어가게 될지요. 좋은 노력일 때는 그 말도 듣기 좋지만 저 같은 사람은 사나운 사람 곁에 있어서 사고당한 그 기억은 지워지지 않습니다.

인간은 배움을 포장함에 있습니다. 상처가 풀리어도 사람, 즉 인간은 상처를 풀어 줄 수 없습니다. 그러한 인간도 그저 살아갈 수 없는 인간임에도 그저 살아갑니다. 보기 안 좋은 모습 진즉 느꼈어도 뛰쳐나오지 못한 것이 너무 치욕스럽습니다.

그 오염인은 제집인 양 찾아왔다. 난 충격에 쇼크에 기억에 없어 말을 하는 것을 잊었다. 무서운 여자가 남의 낯선 집에 왔다는 것이 넋이 나갈 정도였다.

내 옆에 있는 주위도 넋이 나갔는지 누구이며 왜 남의 집에 들어오는 것인지 말조차 잃어버린 것 같았다. 난 생각지 못한 상황에 엎친 데 덮치었다. 아픈 것도 정도가 넘어서 난데없는 잘못된 **C.F.G**의 악영향에 미치어서 칼날을 맞은 셈이다. 주위가 내 옆에 있다는 이유도 잊었다. 그 옆 때문에 내 상황이 갈 수 없는 길까지 가게 되었다. 이유 없이 잘못된 **C.F.G**는 날 들었다 났다 하여 나란 생사람을 난데없는 지옥으로 내던져진 셈이다.

센터심리에서 시간 배려는 어느 정도 길었다고도 볼 수 있다. 나로서는 그럴 수밖에 없는 상황이라 시간에 바빴던 것 같다. 엄마와 함께하면서 스트레스가 이만저만이 아니었다. 잠시 쉬고 싶은 데가 있으면 쉬었다 오고 싶을 정도였다. 나에게는 부모님이든 가족이든 마음을 두기에는 도움 밖이었기 때문이다. 두 센터 다니면서 사고의 차이도 있었다. 사고의 한계였다. 차이의 한계였다. 당연한 것으로 여긴다. 자연스러운 것이라 생각된다. 내 본연의 사고는 내가 지니면 되는 것이니까. 사고가 다른 것은 사람마다 각각 다른 것은 이상한 것이 아니라고 느껴진다.


사람을 위하는 집착이 지상에 떨어지는 요인이다. 그러하므로 하늘과 땅이 나누어지는데 그 경계선에서 괴로워한다. 인간은 풍족하면 순해지고 물질이 없으면 난잡해진다. 물질이 있어도 오만방자해진다. 이래서 인간인가? 아니면 한시라도 편한 게 없는 생활이 인간 생활인가? 한바탕 조용하다 도로 한바탕 지끈지끈하다.

보통 대화 나누다가 이럴 때가 있다. 몰고 몰아 좁혀지게 되면 직접 대화든 간접 대화든 넓혀지고 더 실속있게 바뀐다. 홀로 말할 때 고민이나 나아질 점을 찾고자 한다면 가장 가까운 이와 나누면 더 잘 고쳐질 때가 있다. 그리고 간접 글이나 메시지도 마찬가지다. 효과는 있다. 직접이든 간접이든 대상과 같은 매체가 있어야 실제와 같은 효과를 볼 수 있다. 토론은 말이 잘 될 때 가능하다. 사람 대면이 될 때 가능하다.

내가 회복하려면 시간이 더 필요하다고 생각된다. 더 건강해야 몸도 지키고 하고자 하는 일도 할 수 있다. 그리고 판단과 분별도 있어야 한다. 파악도 할 수 있고 건강해야 한다. 우선은 무조건 건강해야 한다. 그래야 바로 볼 수 있고 바로 설 수 있다. 자신 목숨 자신이 지키는 것이다. 그 누구도 지켜주기 어렵다. 어려움에 처하면 잘 아는 지인을 통함이 제일 낫다. 이번은 코로나 메르스로 인해 당연히 해야 하기에 나를 나타낼 뿐이다.

가볍게 걷고 싶다. 오랜만에 외식도 하고 차도 마시고 싶고 연이어서 먹고 싶은 것 원 없이 먹는 날이 연속됐으면 좋겠다. 살 것 같겠다. 숨도 크게 쉬어지겠다. 절로 힘 나는 말도 나올 것 같다. 발걸음도 가벼울 것 같다. 사람들이 좋아 보일 것 같다. 새로운 시작이 될 것 같다. 하고 싶은 일도 두렵지 않을 것 같다. 처음으로 태어나는 인생일 것 같다. 감사하는 마음으로 살 것 같다. 마음으로 빌어보고 싶다. '이 같은 바라는 인생을 살 수 있도록 해주십시오.'라고 간절히 바라 봅니다.

깨닫고 간다면 사람은 하기 나름으로 유한하다는 것이다. 그러기에 더 열심히 사람 도리를 갖추고 살아야 한다는 것이다. 사람 하기에 따라 주어지는 것이다. 그런데 심리는 생활 부분을 하다 보면 소소한 할 얘기를 해야 할 때가 있다. 잘 맞는 심리는 최소의 마음을 풀어주는 상대를 만나면 좀 낫다. 서울에 정신없이 낯선 사람으로 인해 가족이라고 학교라고 믿는다는 것이 처음으로 내 힘으로는 잘못된 것이라는 것을 느꼈다. 공부가 나를 붙드는 것처럼 생각되었다.

내면의 심리는 마음이 흡족하지 않아도 해야 한다는 생각이 앞선다. 어떤 경우는 아주 갈등이 많은 상태서 하게 된다. 그만큼 내 마음이 복잡하기 때문에 하게 됐다. 그러던 중 코로나가 찾아왔다. 많이 아팠다. 갈등이 더 했다. 내 생각이 처음 생각대로 돌아온다. 상담 시간이 넉넉하다고는 하지만 나의 경우는 항상 부족한 여운이 남게 된다. 내심 표현은 안 했지만, 코로나까지 찾아오니 아닌 것은 아닌 것이었다. 나름 심리는 말을 듣는 것보다 그저 들어주시기만 하는 것이 편할 때가 있다.


심리가 필요한 사람은 가볍게 할 수 있다. 하지만 적당한 병원을 선택하여 맞는 선생님이 들어주시기만 하는 것도 오히려 감정이 안정될 수 있다. 심리의 공통점은 있다. 잘 아는 이는 없었다. 어떤 상담사분은 잘 아는 것처럼 비치었다. 그래도 나름 제일 마음 가볍게는 알맞은 병원에서 하는 것이다. 난 약이 잘 받지 않다 보니 오히려 병원 상담이 거부감이 드는 것은 당연했다.

잘 아는 사람과 잘 모른 사람의 척 느낌은 다르다. 느낌이 느낌대로 되지 않는다면 꼬이는 문으로 들어가는 것이다. 내가 이런 꼬이는 문으로 들어가 인생이 꼬인 것이다. 여러 번 꼬인 인생을 겪었다. 꼬임은 뒤틀림이다. 변화의 소용돌이의 자녀도 내 몸과 발이 힘들 만큼 비례하여 찾아왔다. 나름의 만족이 되든 만족이 안 되든 변화의 소용돌이의 아이인 것이다. 인생의 중한 일을 자신 아닌 다른 사람이 해서 될 일은 그다지 이롭지 않게 된다. 그 자신한테 맞추기 때문이다.

난 사고의 우울증을 얻은 뒤로부터 기억한다는 것은 훨씬 불굴의 싸움 같은 것이었다. 드러내 놓고 표시를 하지 않는다. 하지만 기억 자체는 매일매일 마음과 정신과 몸을 편안해야 한다. 그렇게 관리 않으면 난 땅 위의 사람 아닌 사람이 되는 것이다. 웬만한 것 드러내지 않고 참아버린다. 이런 것이 얼마나 나에게 나쁘고 상대를 나쁘게 한다는 것을 아프고 나서 느꼈다. 그리고 시도 때도 없이 내 곁에 머물러 있는 사람이 무서워짐을 되돌아본다. 친하지도 않고 가깝게 지내지도 않는 사람이 주는 것도 무섭다는 것을 되돌아본다. 주는 것에는 이유가 없지 않는 것이라는 것을 돌아보게 된다. 이러한 기억들은 주위에 뒤틀림이 있는 사람들 곁에 너무 오래 머물러서 일어난 변화들임을 보여준다.

심리는 나 자신 안에서 각각 나름대로 감정 정리가 되었다. 나름대로 소화하면 되는 것이다. 건강하다면 아무런 말도 개의치 않고 지나갈 수 있다.

하지만 마음이 아픈 나로서는 다치면 깨지기 쉬운 얇은 감정 같은 것이기 때문이다. 남은 시간 유익하게 보내며 살고 싶다. 부족한 것 채우며 살고 싶다. 난 처음으로 태어남이 빚임을 느끼었다.

사람 만남은 공식이 없다. 공식이 있다면 좀 나을까 수월할까 걱정 없을까 생각을 해본다. 불시에 찾아들어 공격하는 이도 없어 순서 있게 살아가지 않을까? 이렇다면 이런 상상대로 있다면 마음이 다칠 일 없을까? 사실 순서 있게 만나든 순서 없이 만나든 사람 엮임은 쉽지 않다. 우울한 마음을 씻어버리자. 나 자신을 변화시키자. 그런데 지금 나이 되니 시간도 길지 않고 남은 내 인생의 나이는 뭐하다 이루지 못하고 보냈을까 생각해 본다. 정작 중요한 것은 잊고 있었다. 아이를 두고 나의 일을 해야 할 사정이 안 되다 보니 스스로 봉사를 오랫동안 했던 것 같다. 사람의 간접 통로라고 할까?


그뿐만이 아니다. 아이도 봉사를 그 정도로 하게 했던 것이다. 지금은 너무 잘못되었다는 것을 후회한다. 아픈 상황을 느끼며 알고도 잊고 아프게 나아간 것이다. 아픔을 잊은 상태에서 학업인 공부를 할 수는 있다.

무엇보다 엄마 계셨을 적에는 치료 못 했던 것을 엄마 돌아가시고 나서 나를 돌아보는 시간이 있게 됐다. 그러다 보니 못했던 치료에 힘쓰게 되었다. 부모님 즉 엄마 곁에 있어서 더 건강하지 못했다. 백배로 힘들었다. 사람 간에 마음 맞는 것이 제일이다. 이제 시작하려니 몸도 시간도 부족하다. 첫 태어남이 시작이라 해도 틀리지 않는 것 같다. 주어진 대로 허락되는 대로 살아보고자 한다. 불결한 영혼의 사람이 스친다. 지금까지 괴물이 나에게 싸움을 걸어 전신이 지친 기분이다.

땅에 있기 때문에 완전히 감정이 씻겨지기란 어렵다. 그런 영혼에 발을 디뎠다는 것에 추함이 안 잊힌다. 세월이 하루도 일주일도 한 달도 일 년도 살기가 어렵다. 그런데 난 살아왔다. 아무리 해도 내 감정은 인간이 씻기기는 어렵다. 인간의 힘을 배워서 살아가고자 해도 여태껏 지금까지 자연의 힘으로 살아왔다. 그러므로 마음을 바꾸어서 살기가 아닌가 보다. 그저 살아왔던 힘으로 살아가는 것이 바르겠다.

오죽하면 인간이라 하겠는가? 내가 생각을 잘못했나 보다. 그래서 마음이 괴로웠구나. 살아온 대로 사는 것이다. 자연의 힘으로 사는 것이다. 난 재미있는 것도 슬픈 것도 즐거운 것도 외로운 것도 느끼지 못하고 살아왔다. 인간의 추함도 느끼었다. 내가 아픈 사람이라는 것을 잊지 않으면 된다. 생활 경제가 자유롭지 못해 밖의 출입도 쉽지 않다.

긍정의 느낌을 받으면 긍정의 마음이 된다. 아니면 아픈 불결한 마음이 떠오르면 잊는 방법을 새로이 가지면 된다. 인간이 그러한 인간들로서 종교를 희박하게 한다. 맑은 사람은 그 근처도 그러한 속의 사람도 가까이하면 아프게 된다. 인간의 힘으로 살아가자면 불결한 영혼의 사람이 스치어 괴롭다. 자연의 힘으로 살아가자면 불결한 영혼은 생각이 들어오지 않을 수 있다.

그러한 인간의 마음이 종교를 흐리게 한다. 나쁜 것도 더 많이 알고 행하는 영혼의 사람도 있다. 아픈 사람은 어떤 시선과 말에 따라서 아픈 곳에 닿는다. 무릇 인간의 힘이 팔십 프로 정도 돼야 인간의 힘으로 살아갈 수 있다고 믿어진다. 그런데 난 그 힘이 지극히도 미치지 못하다. 인간의 위안 쉼터가 종교일 수 있다. 하지만 제대로인 사람은 드문 것 같다. 사람들과 잘 맞지 않아도 말 표현은 두려움을 많이 잠재운다. 이따끔 있다 없다 반복은 좀 힘들기도 하다. 절대 무턱대고 다가서지 말 것이다. 균형을 잃지 않아야 하기 때문이다.


부모님과 마음이 잘 안 맞아서 부모님 마음을 아프게 해드렸다. 그로 인해 행동 아닌 데를 딛지 않았나 하는 생각이 든다. 그러므로서 부모님은 말을 놓아 버린 것 같았다. 어찌할 수도 없었다. 어린 나로서는 순간 아차 잘못 디뎠다는 생각이 앞선다. 소름이 돋는 생각 이전에 무서움이 밀려왔다. 부모님도 불안을 내심 느꼈는지 모르겠다. 그 자리를 떠날 정도가 됐으면 좋았다. 하지만 나는 무서워서 두려움을 느꼈는지도 모르겠다. 싸늘한 부모님의 주변이다.

다른 사람 앞에 내가 있다는 것이 두렵지 않고 자연스러워졌다. 나쁜 것을 나쁘다고 말할 수 있게 되었다. 그리고 좋은 것은 기쁘다고 즐겁다고 말할 수도 있게 되었다. 약으로 지쳐 있을 때 이런 생각이 들었습니다. 오죽 내 아픔이 느껴졌으면 다른 사람들이 약을 먹고 힘든 모습들이 그려졌습니다. 덜 아프고 덜 고통받고 살았으면 좋겠다고 덜 고생하고 살았으면 하는 생각이 간절히 떠올랐습니다. 그들의 고통이 감소하며 살았으면 하는 생각들이 내 마음을 통과함이 느껴졌습니다. 건강한 이는 모르겠는데 각각 나름대로 아픈 이는 병원을 찾아서 맞는 선생님한테 보는 것이 나름 유리하다는 것이다. 심리는 심리대로 올바른 감정을 가져야 한다. 그리고 병원 상담을 통해서 적당히 내 마음의 안정감을 스스로 마음과 감정을 조절해나가는 것이 좋을 것 같다는 생각이 듭니다.

심리 자체가 순수한 이한테는 해당이 없는 것이다. 그렇게 느껴진다. 자신의 말을 들어주시기만 하는 것이 오히려 좋을 수도 있다. 영혼의 다리 건너는 거와 다를 바 없다. 좋은 최고의 상담자는 자신이고 자신의 위로가 제일 안전하다는 것이다. 나름이겠지만 어떤 경우에 심리는 아픈 사람한테는 아픈 마음에 균열이 생기는 거와 다를 바 없다. 사소한 얘기를 나눌 수가 없어서 큰 돌 같은 느낌이 되는 것이다.

난 인간의 힘으로보다 자연의 힘으로 살아왔다. 생활이나 회사에서 가벼운 문제를 잠깐 상담하는 것은 있을 수 있다. 하지만 마음 정신이 아픈 사람에게 심리는 무거울 수 있다. 시간이 흘러 나이도 들어가고 주어진 시간을 무료하게 보내는 것보다 뭐라도 하는 게 나을 것 같아서 동아리 모임에 의해 방송통신대학을 마쳤다. 이때까지는 지난 쇼크 기억을 잘못한 때였다.

그때 당시 졸업하고 소일로 꽃잎 만드는 것을 잠깐하고 있을 때였다. 그런데 이상하게도 과거의 아픈 기억들이 내 마음을 찌르도록 괴롭게 떠올라서 꽃잎 소일뿐 아니라 다른 생각도 다른 일도 할 수가 어려울 정도였다. 꽃잎 소일은 내 몸에 약한 힘이 들어가기 때문이라 생각된다. 되돌아보았다. 어둠녀가 어둠의 늪으로 나를 몰고 갔을 때 아무런 생각이 없었다. 그 와중에도 어떤 기억도 없었다. 내게 어둠으로 가한 이들의 기억에 괴롭기 시작하였다.

어둠은 그만큼 강한 독성 같은 것이어서 약한 나로서는 갈 길이 아닌 길이었다. 차를 이용할 때 불안한 시간 속에서 택시 기사님은 안정감이 들게 친절하셨다. 정신이 없어서 차비도 못 챙겨 차비도 없었다. 집에 돌아와서 편치 않으신 엄마에게 몇만 원 받아서 기사님께 드렸다. 불안하고 무거웠다. 그때 엄마의 얼굴을 보기가 안 편했다.

코로나가 지속됨은 아직 이유가 있다. 그 요인은 다른 선한 영혼을 딛고 사는 이들이 제 몫을 받기까지이다. 그렇게 느껴진다. 그래야 살기 좋은 사회 살기 좋은 세상이 되어야 함으로써이다. 좋은 세상이 되면 사람도 존속할 수 있고 새 시작으로 일구어 나갈 수가 있기 때문이다. 남의 아픔 인생을 딛고 사는 이가 있는 세상은 되어서는 아니 된다. 이러한 세상은 행복하지가 않다. 그런 세상이 아니 될 때 세상은 존속될 수 있는 것이다. 이런 이들이 있다는 것은 만인에게 행복이 가지 않는다.

코로나가 지속되는 중은 이런 올바르지 못한 정당하지 못한 이들이 씻겨 내려지기 위해서이다. 씻겨 내려져야만 만인에게 돌아오는 행복을 기대할 수 있기 때문이다. 좋은 쓰임은 나중에도 돌아보지만 치명적인 쓰임은 두 번도 돌아보지 않는다. 핏덩이 아이를 어른 머리로 생각한 미숙한 어른이 있다. 난 일일이 기억을 못 하는데 난데없이 과거의 특정 단어에 예민한 반응이 느껴진다. 내가 그렇게 느껴졌다면 생각 없는 말을 떼었다 붙이고 하는 것처럼 느껴진다. 대화의 격세지감이 느껴졌다.

마음 상담은 자신이 치유한다. 자연과 더불어서 한다. 그러하지만 사람들의 죄악이 커서 인간은 치유 못 한다. 과거의 특정 단어는 정신 소모가 되고 평탄한 길이 못 된다. 사람들 말의 조심함이 되새겨지게 된다. 제삼자는 직접 싸움에 가담할 수는 없지만 나와 맞는 이에게 호응해 줄 수는 있다. 세상은 무식하고 무지한 이들이 의외로 없는 것 같아도 있다. 자신이 아무것도 몰라도 사람 관계, 금전 관계, 애정 관계만 알아도 나쁘게 꼬이지는 않는다. 그런데 많이 알고 많이 배워도 사람 관계, 금전 관계, 애정 관계 모르면 잘못 나쁘게 꼬이게 된다.

이런 것에 관심이 없어도 알아야 한다. 그래야 나쁜 이들을 막을 수 있고 사람 사는 올바른 세상이 된다. 쇠 같은 사람 나무 같은 사람은 만나지 않아야 한다. 심장이 멈추어 버리기 때문이다. 어느 때인가 코로나가 끝날 수 있을지도 모르겠다. 처음부터 방송통신 공부를 염두에 두었다면 좋았을 것을 생각해 본다.

주위가 자유로워야 한다. 내 공간에서 주위의 간섭을 받지 않고 해야 한다. 형제가 적어서 좋을 수도 있다. 오히려 일 스트레스를 덜 받을 수 있다. 수가 많아서 터지고 깨지는 것보다 수가 적어서 안온한 게 낫다. 내년에 어떨지는 모르겠지만 긍정으로 살고 부정을 끊고 인간들은 인간답게 살고 사회가 세상이 무탈하게 돌아갔으면 좋겠다.


하늘은 멀고도 땅은 가깝다.


사람의 벌은 나름 받아야 인간이 된다. 사실 할 말은 없었다. 얘기란 마음이 맞아서도 하지만 모른 사람하고는 내 마음이 진실로 통하기란 어렵다는 것을 느꼈다. 잘못된 배움은 그 성질대로 따라간다고 통함은 억지로 해서도 안 된다. 나를 보는 사람들은 나를 어렵지 않게 생각하는지 말을 쉽게 붙이게 된다. 어떤 때는 이런 게 불편하다. 하지만 좋든 나쁘든 사람을 적당히 통함은 두려움은 감소되고 갈등도 있다가 사람 사는 냄새남을 느낀다. 코로나가 찾아와서 심리는 효과가 별로라고 생각되어 사실 꺼내고 싶지 않았다.

그러나 코로나가 길어지다 보니 변화하는 긍정의 마음이 들게 됐다. 그렇게 된다고 생각되었다. 놀라움은 내 마음을 두렵게 한다. 난 어려서부터 많은 죽을 만큼의 놀라움을 아주 많도록 겪었다. 내 기운이 사람으로서 좀 있었더라면 내 마음의 놀라움을 일으키게 한 이들과 싸워 쉽게 끝났을 것이다. 더군다나 억지로 끌어당기면 내 몸이 떨어져 나갈 만큼 싫어진다. 즉 괴물같이 보인다. 이런 깊은 골은 누구도 즉각적으로 풀기가 어렵다. 오히려 다치게 할 뿐이다. 좋으면 이러한 글이 필요하겠는가? 이러한 게 세상이고 땅이라는 것을 느낀다.

다른 사람 경우를 이해하지 못하는데 다른 사람 경우를 생각해서 해결해야 할 숙제를 많이 한 것 같다. 혼자 있어 보지 않아서 혼자 있어 생각할 때가 편하다. 이러한 경우를 많이 겪어보니 그리고 얽힘에서 풀려나오니 어떤 경우에 그 옆에 있으면 성질이 옮겨진다는 느낌이다. 대중없이 사는 사람을 많이 보아온 것 같다. 좋은 은인은 다각도로 생각해볼 수 있다. 그런데 이런 데에 꼭 방해자가 낀다. 나만 어려운 길에 들어서서 어렵게 사는 것 같아 보이기도 한다. 사실 그런 것 같다.

잘 모르는 가정에서 비롯하여 주위도 잘 모르는 주위서 헛세월을 보낸 것 같다. 아주 어려서 아직 학교 들어가기 전부터 난 종교 분위기가 짙은 가정 주위서 살았다. 좋은 이 옆에 있는 나쁜 이는 좋은 공기를 취할 수 있지만, 나쁜 옆에 있는 좋은 이는 역으로 나쁜 공기를 얻게 된다. 서로 있어서는 안 될 자리이다. 너무 안 좋은 공기라서 드러내 말하기는 싫었다. 그리고 이십 대까지 기억은 좋으려다 다시 안 좋아졌고, 중년의 나이에 들어 기억하게 되었다.

삶은 어린이나 어른이나 배움이 그다지 진정한 필요를 못 느끼게 된다면 또는 말을 자유롭게 못 한다면 그 가족은 틀어짐이 있는 가정이다. 속물 같은 사람 주위는 속물 같은 사람들이 모이게 되어 있다. 그 가운데에 맑은 이가 있으면 영락없이 다친다. 그 속에서 만약 내가 싸우기를 잘하거나 영악하기를 했다면 덜 상처받았을까? 어쩌면 이렇든 저렇든 맑은 정신이 흐려진다.


아는 것이 없거나 문제가 있지 않고서는 종교에 미치듯이 빠져서 애꿎은 어린아이도 해할 정도라면 그 종교는 종교를 믿는 것이 아니다. 세상은 정당함에 대해서는 말할 줄을 싸울 줄을 알아야 한다. 이런 말 할 줄을 싸울 줄을. 모른다면 혹은 아파도 말을 않는다면 다른 이들이 더한 일을 뒤집어 말할 수 있고 거짓이 판을 친다. 이런 데 끼어 있는 이는 살아가는 것이 수월하지가 않다. 내가 어려서 말을 하기가 어려울 때 거기에 맞는 적절한 말이었다면 했을지도 모른다.

그런데 사람이 아닌 것 같아서 아이가 말할 정도의 큰 부분이라서 피하고

만 말았다. 위기임을 느꼈기 때문이다. 가족 누군가가 자신의 분수 넘게 결혼하면 다른 속물 같은 사람이 예비되듯이 집안에 들어오게 된다. 배움이 필요 있을까? 배움은 인간에게 부여된 좋은 포장이다. 이 배움의 포장이 없으면 인간은 짐승과 다를 바가 없다. 그런데 사실 어리석고 무지하고 짐승보다 못한 부모도 있다. 바로 자신의 주제를 분수를 모르는 사람이다. 내가 어려서 사악한 종교의 공기와 기운에 젖어서 내가 힘을 못 쓰고 기력을 못 쓰고 발도 걸음도 헤어나오지 못하였다. 나의 전부라 할 기본의 정신을 탈진했다. 내가 소리를 지를 수 없을 정도로 소름 끼쳤다. 피하고 싶을 정도의 주위였다.

난 오래돼서 영문도 모르는데 나쁜 야수 같은 그 인간은 자신을 위해서 끝 지점에 나타난다. 그 많은 시간이 있을 동안은 뭐했을까? 나의 맑은 영혼을 보이지 않게 괴롭힘을 그때까지 행하고 있었다는 것이다. 이런 유형의 사람이 있는 세상은 나에게 나아감이 없다. 우리는 서로 비슷한 유형끼리는 이롭게 나아간다. 좋음과 속물의 차이는 이렇다. 좋은 사람은 그침을 안다.

반면 속물인은 그치지 않는다. 좋음 같은 이는 시작을 바라볼 수 있지만, 속물 같은 이는 시작을 뒤로하게 된다. 먹거리 싸움은 아이나 나이 있는 어른이나 이것으로 보면 한낱 인간인 사람이다. 그런데 너무 게워 놓듯이 한 인간의 성질도 있다. 이런 성질 옆에 곧은 성질이 있다면 그 곧은 성질은 바로 잘못 있게 된 죄가 된다고 볼 수 있다. 맞는 자리에 있지 않기 때문이다. 곧은 성질은 바로 서듯이 있어야 한다. 모든 이에게 빗줄기처럼 단비여야 한다. 자신의 자리에 잘못 있어도 죄가 된다. 옳은 성질과 그릇된 성질은 함께 하면 혼란이다.

난 생활 가운데서 스스로 힘겨울 때는 충격과 일시적 회복이라는 두 둘레에서 제자리로 돌아오곤 한다. 잊고서 모르고 생각한 일을 되풀이하기 때문이다. 그래놓고 아파하고 힘들어하고 고통을 겪은 후에 제자리로 돌아온다. 이런 것은 그 힘든 방향으로 가지 않기 위해서이다. 이 방향이 아니다 싶으면 그 방향에서 나오는 것이고 그 생각을 잊으면 그 힘든 방향으로 머물게 되는 것이다. 지금은 제자리로 돌아와서 잠깐 제자리에서 벗어났다가 제자리 기억으로 오게 된다. 서울에서 반쯤 대학은 나 자신도 모르게 갔다. 경영은 관심도 없다.

그런데 그 옆은 자신의 본분도 잊고 자신의 발을 그 주위에 끼어 얹으려 한다. 난 기력이 완전히 회복되지 않아서 화를 내거나 소리를 지르거나 싸우지 못함에 주위는 내가 상처가 있어도 일반처럼 대했다. 이런 때문에 속물 같은 사람들이 주위에서 떠나지 않고 머물러 앉았나 보다. 속물 같은 사람은 옆을 관여하거나 참견하거나 생각해주는 척하기를 좋아하는 성질이다.


오염된 손길 발길 같다. 잊고 지내려니 상처 자국이 덜 나아 쑤시듯이 몸도 정신도 마음도 괴로웠다. 이 영향이 너무나 힘들었다. 아이가 그만큼 힘든 것이다. 나로서 풀 방법은 딱히 없었고, 메모하는 일뿐이었다. 아이로 인한 나의 괴로움으로 인해서 이 글을 쓰게 되는 영향이 있었고, 조금이라도 내 마음을 다독이는 일이 펼쳐놓아 볼 수 있는 책이라면 마음 정리가 다소 될까 싶었다.

가정에서 부모는 자녀의 공기에 나쁜 먼지를 묻지 않게 씻어줘야 한다. 나쁜 사람 말이나 상처 주는 사람의 말은 되도록 한 말로 잘라버리고 씻어줘야 한다. 아직 어린 나이의 아이에겐 더더욱 관심을 끊지 않아야 한다. 아이는 어둠 속의 불빛과 같다. 아이가 어둠 속에서 불을 끌 수도 켤 수도 없다. 아이는 말 못할 상처를 끄집어내기 어렵다. 자라면서 어딘가 나타난다.

지혜 있는 부모라면 아이는 아프지 않다. 몸으로 행동으로 그 상처가 조금씩 보이게 된다. 이것을 방치해 버리는 부모가 있다. 그 아이는 고통 속에서 걷는 것이다. 그 아이가 잘못된 꼬임에서 자라오다가 어떠한 삶을 문제 없이 잘 살 수 있을까? 이 아이는 굉장한 스트레스를 삶 속에서 받게 되고 사람들과 접하기가 쉽지 않게 살게 된다. 인간 가운데에 사람이 있다.

삶은 길지도 않고 짧지도 않다. 어떤 문제를 일찍 발견하고 일찍 해결이 보인다면 그 사람은 올바른 사람이다. 하지만 어려운 상황을 늦게 알게 되고 해결할 시간도 없어 보이는데 하고자 하려는 그 사람은 그릇된 사람이다. 좋음과 나쁨은 섞지 않아야 한다. 유유상종은 모이기도 어렵지만 모이면 문제는 덜 생긴다. 잘못 끼이면 나쁜 죄가 된다. 세상과 어울리지 않은 사람은 촛불과 같음이다. 촛불은 비추어줄 뿐 촛불인 자신은 태우기 때문이다. 너무 어렵고 복잡하고 말하기도 늘어놓기도 어려워서 가정에서 있었던 기억을 조심스럽게 비추어 봅니다. 이제부터는 나 자신을 비출 줄 아는 나 자신의 촛불이 되어보고 싶다.

지금 느끼는 바에 의하면 나를 숨 막히게 주위서 틈을 안 주고 사나운 어른의 공기를 끼얹는 모습으로 비추어진다. 주위가 나를 부자유스럽게 틈을 주지 않아 숨 조이듯이 자라왔다. 그곳을 진즉 떠나면 좋을 텐데 부모님도 참 어리석기도 하다. 그들이 다른 류라서 나란 아이가 말을 안 했을지도 모르는데 지금은 잘못 있게 된 무서운 장소였구나 생각이 든다.

사실 그랬었다. 종교를 삶의 수단으로 삼고서 돋보이게 비추려는 사람들이었다. 부모님도 어쩌면 어리석은 희생양일지도 모르겠다는 안쓰러운 생각도 들기도 한다. 결혼의 단어는 왠지 친근한 단어같이 들리지 않는다. 누구를 속박하고 자신의 세계로 이루기 위한 수단으로 들린다. 어린아이가 다른 장소인 그 옆에 발을 디딘 것이 위기의 자리였나 보다. 보통은 어린아이가 발을 디뎠어도 긍정의 사람이었다면 문제없는데 굉장히 안 좋은 자리인가 생각된다.


사람 체질이 삶을 살린다는 말은 나에게 딱 들어맞는다. 팔십 퍼센트의 강한 체질이라면 살 수 있다는 생각이 든다. 내 아버지 일찍 돌아가시고 부모님도 사고로 아프고 한 일들을 보면 그 옆이 이로운 데는 아님을 느낀다. 진즉 어려서 내가 느꼈는지도 모르겠다. 두렵다고 말을 했다면 부모님이 그곳을 떠났을까? 아마 깨우침 있는 사람 없었을 것이다. 참 숨 막혔다. 참으로 현실에 어두운 나였다. 어두운 현실만 보아온 것 같다. 이런 어둠의 줄을 풀 이는 없다고 본다. 주위의 반응에 따라 움직이는 중심은 나이고 제자리로 돌릴 수 있는 힘도 나 자신한테 있기 때문이라고 생각된다.

이로운 운동을 하듯이 생활을 그리 해왔다면 얼마나 좋았을까? 멈추어진 생활로 살아온 것이 너무 아까운 세월이다. 생활에 질서가 없으면 혼란과 무질서가 된다. 사람들은 속임도 현실에서는 당연시하는 이들이 있다. 무질서인 틈에 끼어서 다치지를 말자. 자유는 평화이다. 사람의 자유는 각자 다르다. 그 자유 안에서 다른 구속을 꿈꾸지 말지어다. 긍정과 부정을 갖되 정당하여야 한다. 이롭지 않은 이의 막아줌은 유익하지 않다고 생각된다. 아주 어린 시절부터 성격과 생각이 서로 다르신 부모님 슬하에서 난 자라왔다. 아버지께선 공무원을 하셨으며 그 뒤로 부모님께서는 상업으로 자녀들을 키우셨다.

난 어려서부터 정신적으로 아픔을 겪고서 집에 구속된 느낌으로 학교에 다녔다. 기억은 많이 없다. 중년기에 들어서기까지는 초기적으로 살아왔다. 배움은 양보다 질이고 사람도 질이 중함을 겪게 되고 살아오면서 가족의 소중함이 나 자신을 지킨다는 것을 깨달았다. 주제 안 맞게 오지랖 넓은 사람은 이롭지 않다는 것을 느끼며 오랜 세월을 정신과 마음과 육신의 고통 속에서 살아왔다. 지극히 내 아이도 복잡한 엄마의 영향에 의해 힘들게 자라왔다.

인간은 남의 일에 끼어서 좋은 이 없고 그 영향을 받은 이 또한 분하고 슬프다. 여러 주위 사람들의 지나친 개입으로 내 생활 없이 살아온 정신의 황폐함까지 얻었다. 코로나는 내가 정신과로 힘들어하고 지내던 때를 보는 것 같은 생각이 든다. 내가 말할 수 없을 정도로 다른 사람이 느낄 수 없을 정도로 아팠기 때문이다. 꼭 내 아픔을 보는 느낌이다.

## 3.

# 대화의 꽃이다

사람 간 대화는 그에 맞는 주제와 내용에 공감했을 때 뒷여운이 없고 깨끗하다고 볼 수 있다. 그 가벼움을 통해서 갈등이 협소해지고 간결해지는 것을 내가 느낀다면 내 마음을 정리할 수 있는 것이다. 정도를 넘어서면 좋을 것이 없기 때문이다. 정도가 가벼워지면 넘을 정도는 수월해지기 쉽다. 나름대로 이러함으로써 일정 기간 유지해나갔다. 심리 중에 부작용도 생길 수 있다. 심리가 만능해소됨이 아니기 때문이다. 사람마다 나름인 것 같다. 왜냐하면, 직접 그 생활에 참여하지 않고서는 이해하기가 어렵다. 설혹 간접 참여일지라도 심리마다 이해의 정도가 다르기 때문이다. 그러므로 당연히 갈등이 있기 쉽다. 소화하기 나름이다. 하지만 이처럼 이해하면 쉽다. 비유하여 말하자면 적당한 놀이터에서 적당한 놀잇감을 만지며 놀았다고 생각하면 어떤 잡념에 구애받지 않고 넘길 수 있다.

'사람 사는 세상이 이렇구나, 다양하구나.' 이것만 느꼈어도 공허감은 없다. 사람 사는 냄새를 느꼈기 때문이다. 사람 대화는 느긋함이 좋다. 적당한 내용의 상담은 가볍고 무난하다. 난 이 정도를 넘어서다 보니 무척 힘들게 느껴졌다. 부모가 해주지 못하면 적당한 방법을 자신이 구상해둬야 한다. 적당하게 될 때 풀어주면 그만큼 덜 힘들다. 부모 이상만큼의 아는 사람도 있어야 한다.

인간생활에서 부딪히고 힘 안 들고 스트레스 없는 생활은 없다. 난 전반기의 인생 동안은 인생다운 인생이 없다고 볼 수 있다. 후반기도 넘어설 정도가 되어서 나의 문제를 인지했기 때문이다. 인생에 태어남은 빚처럼 느껴진다. 아니 와야 할 인생을 왔기 때문이라 생각되기도 한다. 내가 좋고 상대방도 좋게 하기 위해서는 어느 한쪽이 적당히 알아서 답해주면 된다. 그러면 양쪽 다 문제로 남지 않고 시원해진다. 인간의 생활과 사람의 끈은 그 자체의 사람 따라 집착을 남기기 때문이다. 내 안의 문제가 밖으로 나간다고 정답처럼 풀어줄 이는 없는 것이다. 그 안에 머무는 사람만이 잘 이해하고 해결할 수 있는 것이다.

그래서 더 나아감이 아니함만 못하는 것이 된다. 당사자는 상처를 많이 받을 수 있고 지쳐가고 사람들에게 멀어지게 될 수 있다. 처해있는 상황만큼 하지 못해서이다. 그래서 가족의 복잡함이라 할 수 있다. 좀 더 복잡하지 않은 가정에서 태어났더라면 단순하게 살 수는 있다. 복잡한 사회의 변화 속에서 사람들은 자신만의 일을 하기에 옆으로 신경 쓸 여유도 없을 수 있다. 적당히 자신의 일도 하고 적당히 옆으로 관심도 있어야 함이 필요할 것이 좋지 않을까? 사회는 말 그대로 나 혼자가 아니기 때문이다. 우리의 부모님들도 고운 자식이든 곱지 않은 자식이든 똑같이 대해줌이 부모님 마음뿐만 아니라 자식들 마음도 아프지 않게 생활하기 위해서임을 알아주었으면 좋겠다는 생각을 해본다.

주위에서 많이 소통하고 교류하고 하는 것이 내 마음을 어느 한 곳에 매어두고 힘든 얘기를 하는 것보다 더 건강에 조금 도움되는 거라고 말해두고 싶다. 긴 시간 동안 시간에 쫓기듯이 너무 힘들었다는 것을 반영해준다. 부모보다 마음 통하는 데가 있으면 차도 마시고 가볍게 담소한다면 조금 좋을 것 같다. 이런 게 너무 없으면 고독으로 밀려가게 된다.

부모를 비롯하여 그 밖의 주위의 영향이 나에게 한 치라도 해 되게 한 이들과 부딪히거나 얘기가 정도에 넘어서면 어둠의 공기가 나에게 흩뿌려짐을 느끼어 피하고 싶어진다. 이것은 변함없는 변화이다. 그래서 한번 가슴에 못을 박은 데는 세월이 변해도 그 흔적은 남는다. 피하고 싶어지는 것은 왜 피하고 싶은지 묻고 나누고 싶을지라도 여전히 피하고 싶은 마음은 같은 마음일 거라 생각된다.

그런 마음인데 구태여 아픈 손가락에 대고 왜 아프냐고 다른 피하고 싶은 손가락을 끼어다 대는 것은 마음에 들지 않을 것 같다. 사람 만나는 것이 대화에 길을 터준다. 대화 방법도 하다 보면 방법도 생각하게 되고 두려움도 가실지도 모른다. 하지만 자신만의 공간 영역이 침해되어서는 아무런 좋은 방법이 있을지라도 소용없는 것이다. 나의 영역이 있어야 남의 영역도 지켜지는 것이다. 혼자이면서 둘이 되고 여럿이 되는 것은 사회이기 때문이다.

그때 당시 사람들과의 말까지도 예민한 반응이 느껴지고 지난 쇼크 기억의 말 자체가 쇠 같은 물질과 나무 같은 물질이 내 마음을 덮고 있어 느낄 정도였다. 내 마음이 쇠가 되고 나무가 되고 한 느낌 때문에 음식을 취할 수가 없고 물도 마시기 어려웠다. 이런 변화는 그런 말이나 사람을 떠올릴 적마다 괴로운 증상이 어김없이 오는 것이다. 그래서 한동안 집안의 일도 할 수가 없었다.

그런 생각 끝에 최면 요법을 받았다. 그로 인해 마음의 쇠 느낌 나무 느낌 같은 무거움은 가시었다. 그러고 나자 또다시 감정의 알 수 없는 것으로 인한 것 때문에 또다시 힘들어졌다. 나의 감정의 마음은 고통스러웠고 좋아지지 않았다. 그저 정신과 다니는 것으로 보내야만 했다. 그런데도 감정이 너무 불편했다.

그러다가 너무 힘들어서 병원에 있는 중에 손목이 아프게 되었다. 집안의 주방 일을 못 하고 시간과 금전이 소비되어 손목이 낫기를 바라고 쉴 뿐이었다. 일이 년 지나자 손목을 사용할 수 있었다. 그러던 차에 엄마가 돌아가셨다. 난 부랴부랴 물품을 정리하기에 내 몸이 바빴다. 아무런 생각 없이 병원에 계신 엄마를 보름마다 보러 가는 것을 일 년이나 이어졌다. 지금 생각하면 부질없는 행동이었고 정신없는 행동이었다.

그러한 데 시간을 보내고 그 시간에 돌아가심을 예비한 엄마한테 신경을 썼던 것이다. 돌아가시고 챙길 것 버릴 것 정리할 시간도 없었다. 이때 죽을 것 같은 느낌 속에서 살았다. 이때도 나 자신이 상당히 몸도 아프고 감정의 괴로움이 겹치어서 힘겨웠던 시기였다. 사오 년이 지나자 내 몸의 후유증이 조금씩 감소되어 정신이 들었다. 나으려고 내 나름대로 많은 노력을 끊임없이 했던 것 같다.

사람 탁한 먼지만 치우다가 세월을 보낸 것 같았다. 주위 종교의 복잡함에 의해 멋모르고 잘못 판단하신 부모님의 성화로 종교도 억지로 가라고 해서 보낸 시간들이 아픔의 시간이었다. 지금은 조금 정리가 되어 생각해보면 부모님 뒤는 엄청 복잡한 환경에서 숨돌릴 틈이 없이 살았다는 것이다. 이러한 것은 누구라도 풀기가 어렵다.

각자 내 일 아니면 구태여 터치 않는 것이 좋다. 불필요한 간섭이나 관여도 하지 말아야 한다. 부당한 강요도 해서는 안 된다. 자신의 몸만 잘 추스르면 건강을 지킬 수 있다. 부당한 방해로 인해 엉뚱하게 몰아가고 엉뚱하게 엮이는 것이다. 잘못된 꼬임에 길을 잃어 어둠을 보았다.

나 자신 영문도 모르고 발 안 디딜 데 디뎠다가 잘 모르는 C.F.G로부터 욕된 말도 듣게 되고 욕된 모습들도 보였다. 책상에 앉은 이나 책상 앞에 서 있는 이나 매한가지 같은 사람으로 보였다. 오히려 책상에 성실히 앉아 있는 이들이 나아 보였다. 그중 나 같은 바보같이 착한 이도 무슨 영문인 줄 모르고 있을 정도였으니까? 그래서 맞는 사람끼리가 문제를 일으키지 않기에 유유상종이란 말이 있는 게 아닌가 싶다.

유유상종은 나름 벗어남이 적다는 것이다. 사람 생활은 경우가 있고 다르다지만 지독한 경우는 용서하기도 용서받기도 어렵다. 이런 경우에 모르는 이가 곁가지로 끼어든다면 아니할 일이다. 지독함도 나름이라고 최고의 벌을 지은 이는 어떠한 용서도 허용하기가 어려울 것 같기도 하다. 세상 떠난 사람 돌아올 수 없듯 한다면 인간 본성 이미 벗어난 것 아닌가? 난 상상 이상의 아픔을 겪어 사람들과 말을 많이 하는 것이 힘겹다. 필요 외의 말을 많이도 들었고, 필요 외의 끼어 닿는 이들도 있었다.

선과 악은 만나서는 안 될 경우라 생각된다. 각자 나름 제 갈 길로 가면 되는 것이다. 시간이 아직은 허락이 안 되나 보다. 성급한 사람들로 인해 숨이 가빴다. 어느 범위 가운데는 한두 사람은 괜찮은 사람도 있다. 묵묵히 혼란에 끼어들지 않고 자신의 일에만 충실한 사람이다. 다름은 모양에서 드러나기도 하고 말에서 드러나기도 한다. 악은 괜한 사람을 나락으로 모는 재주를 갖고 있다. 악은 좋은 분별도 없다. 그래서 악이라 하며 피하고 싶어진다. 나쁜 악은 나름 방법으로 싸워서 물리치고 나아가야 한다.

인생 전반기가 끝나도 모자라고 초과해야 할 정도로 시간이 되었다. 힘든 싸움은 다른 경우의 사람 싸움이다. 가정은 화목하려면 여건이 안되면 자녀 수가 적어야 좋음을 느낀다. 애꿎은 사람이 상처받기 쉽기 때문이다. 사람들은 자신을 내세우고 싶어 함이 느껴진다. 그런 경우는 자신의 자신감에 불과하고 다른 사람의 경우에다 맞추어대서는 곤란하다고 생각한다. 자신의 자리는 여러 매체를 간접으로 통하되 중심 자리로 되돌릴 수 있는 이는 각자 자기 자신뿐이기 때문이다.

나 또한 너 또한 인정됐을 때 우리가 존재한다. 부모님도 자녀를 인정해주고 자녀도 부모님을 인정해주어야 한다. 형제도 서로서로 인정해줘야 한다. 그러면 자신감을 갖는 자아로 살아갈 수 있다. 살아봄을 느낀바 힘, 즉 체력이 좋은 것, 체질이 강한 것이 백배나 살아가기에 수월하다는 것이라 느껴진다. 난 특별하게도 너무 이겨냄이 약하다. 숨 쉼도 느끼지 못할 정도이다. 평소에도 크게 숨 쉼을 느끼지 못한다. 인생의 전반기는 나 자신도 못 느꼈는데 자연의 변화로 내 자아를 느끼었다. 자연은 참으로 고마운 존재이다. 이로운 영향도 주고 경종도 울린다. 그렇게 느껴진다. 후반기는 정말 하고 싶은 일이 많아서 재미를 잊을 정도로 재미있게 살고 싶다.

부모님 돌아가시고 나자 차차 나를 괴롭히는 감정의 끈들이 정리되면서 엄마와 엮었던 일들과 사람 관계가 정돈되기 시작하였다. 차근차근 몸도 마음도 생각도 제자리로 생각되기 시작되었다. 그렇다. 부모님은 서로 잘못 만난 것이다. 난 부모와 잘못 만났고 그 주위와도 어울리지 않게 태어난 아이였던 것이다. 주위서 많이도 괴롭혔다. 세상 끝나도록 괴롭히려고 했던 것이다. 세상 끝나도록 괴롭힘이 코로나를 보여준다. 그렇게 느껴진다. 사람 닿아서는 안 될 번뇌에 부모가 씻어주지를 못할 정도이니 그 번뇌 속에서 난 차곡차곡 또 다른 번뇌의 사람들로 겪어서는 안 될 일로 사람을 학교 들어가기 전부터 고통받고 살아온 것이다.

조용한 사람은 조용히 머문다고 했던가? 내 등뼈가 고통스럽게 아픈 흔적들이 떠오른다. 나를 거칠게 몰은 사람들의 묻어난 말에 괴로웠던 세월이 떠오른다. 지독한 세월 같다. 어떻게 살았을까 싶다. 땅은 땅의 모습을 닮은 사람만 살아가게 되어 있다고 생각한다. 맑은 사람은 제대로 된 믿음을 갖는다. 속된 종교 속된 사람들의 삶은 복잡하다. 일반 가정에서 갖추고 산다고 그들이 잘산다고 볼 수 있는가? 다른 옆의 사람에게 상처를 남기고 사는 이들도 있다. 세상의 사람들은 제 뜻대로 꼭 살지 않는다. 세상에 오고 가고 남는 것은 선택을 부여함에 달려있다.

학교 들어가기 전 아이인 나는 한 걸음 차이의 발 디뎌 번뇌에 닿았던 것이다. 난 그 번뇌에서 나오지 못하고 살았다. 난 내 삶을 번뇌의 주위에 담보되듯이 살았다. 자기 목숨을 지키려면 배움 같은 수단을 삼아서 부당한 것도 정당한 것처럼 살아가는 게 나름 인간이다. 제대로 된 믿음은 제대로 된 사람한테서 나온다. 너무 번잡한 가족은 말 그대로 번잡한 생활을 한다. 부모님 주위에 있어서 한세월을 번잡하게 살았다. 난 그 가운데서도 내 할 일을 하느라고 몸이 쑤시고 마음이 요동치고 머리가 흔들리고 하면서 학교를 다녔다.

아동 청소년기에 학교 선생님들은 내 인생에서 잊지 못할 가장 좋은 포근한 기억을 남겨주셨다. 사람 사는 데 시샘이 있지 않을 수야 없겠지만 너무 넘치는 데는 유익하지 않다. 시골에서의 추억은 뼈마디 쑤신 것뿐인 것 같다. 편안한 세월이 없고 관여하고 간섭하고 숨 막히는 것뿐이었다. 그곳에 있지 않았다면 얼마나 좋았을까? 마음을 같이 나눌 이도 없었다. 두려움만 기억된다. 가정이 좋은 것만은 아니라는 것을 알게 느껴졌다. 태어남도 다 같은 것이 아니다. 번뇌 가정에서 태어나고 번뇌 가운데에서 고통의 음식을 취하고 흔들리는 마음으로 표를 안 내고 가슴앓이를 하였다.

그 번뇌의 끈을 이어서 한 인생 허무하게 보내왔다. 인간생활 행복하면 이 글이 있을까? 늦은 아이는 성인이 되어서까지 사람을 보아서는 안 되는 약한 아이도 있다. 번뇌로 인해 욕된 것도 많이 보였던 것 같다. 욕된 사람도 함께 내 의지 없이 보게 되기도 했던 것 같다. 아동기 청소년기 학교 기억 외에는 아픈 기억만 있다. 한 번 상처 낸 사람 두 번 상처 안 내리라는 법은 없다. 그나마 시골 동네 친우들의 기억이 정답다. 그 친우들이 보기에는 날 좋아 보인다고 했지만 내 아픈 것은 모르고 지냈다.

난 어려서 문제 안 일으키고 말썽 없이 지냈다. 그래서 마음 아픈 구석이 있어도 꺼낼 방법도 몰랐다. 순간 괴롭고 가슴앓이하고 잊고 지내고 말았다. 그 와중에도 시골학교 기억과 동네 친우 기억은 참 좋은 기억으로 기억된다. 지금은 여러 힘든 역경의 변화로 사람들 접하기가 힘들지만 애써 표 내지 않으려 애쓴다. 착실하고 반듯한 내가 주위의 꼬인 영향으로 인생의 나락을 겪은 것이다.

끼리끼리 어울리는 것이다. 그곳에서 빠져나오게 하는 재주 있는 사람은 없다. 피하는 길이 사는 길이다. 내 것을 모르는 사람한테 거저 주는 것은 금지고 인생 위반이다. 나는 아픈 상황에서 모르고 많이 이런 것을 위반했다. 인간이 먹고사는 것이 되려 이상할 정도까지 들게 된 생각이다. 마음이 부유한 사람이 있다. 마음이 가난한 사람도 있다. 마음이 부유하다 해서 인생이 행복하지는 않다. 인생은 거친 바다 위에서 물고기를 잡아 사랑하는 사람과 나누어야 하는 험한 고행이기 때문이다.

난 인생 동안 구박받는 말을 애꿎게 듣기만 하였다. 자상한 말을 들어야 함에도 불구하고 주위의 사람들로부터 싸늘한 말만 들었던 것 같다. 인생에서 바름은 선한 성질이다. 나락과 쌈패는 악인의 습성이다. 이 둘은 만나서는 안 되지만 만날 때는 종말도 예고됨을 인지해야 한다. 이 종말에서 벗어나오려면 악을 퇴치해야 한다. 그 기간이 지나면 인간은 평화롭게 살 수 있다. 항상 자신의 분수에서 지나치면 남을 해하게 된다.

평화의 씨를 뿌리면 악의 마음은 적어진다. 몸이 얼어붙고 움직이기 어려워도 자기 일에 묵묵히 하는 이는 장군들이다. 장군들은 자신보다 부류를 생각한다. 나 자신도 이 같은 마음이지 않을까 싶다. 나 자신은 무슨 목적이 있어 이같이 했을까? 할 일을 한 것이 오히려 이롭지 않은 장소에서 한 거나 다를 바 없다. 이룬 것은 없고 얻은 것은 깨달음이다.

그리고 어려운 노력 끝에 정신과도 맞아서 참으로 다행으로 생각된다. 사람 잘못 만남은 천지가 뒤바뀔 정도가 된다. 그런데 의외로 이런 그릇된 만남을 옹호하는 그릇된 사람도 많다. 잘못된 것을 당연시로 생각하는 거친 사람도 많다. 사람들 수준이 생각 외로 높지도 않고 크지도 않다. 사회 변화가 복잡해서인지 모른다. 작은 우물 안에서 나오면 세상이 생각처럼 별세계는 아니라는 것을 느끼게 된다. 오염된 사람도 드물지 않게도 많다. 역으로 조심함을 알았고 사람들이, 특히 여자들이 나름 근본 원인을 일으킨다는 것도 알았다.

큰사람은 큰물에서 놀고 작은 사람은 작은 물에서 논다는 말이 있다. 자기 물을 이탈하면 괴변이 생긴다. 사람 물은 조심하고 믿어야 한다. 대부분의 사람들은 자신을 자처한다. 잘못을 아예 모르고 그치지를 않는 사람도 있다. 이런 사람으로 인해 도미노같이 이어진다는 것이다. 그런 데서 부족함은 드러난다. 상처를 가하고 뭘 얻으려는 이는 수단만 생각하는 사람이다. 사람을 세우고 얻으려는 이는 잘 아는 이 아니고는 없다.

남의 일에 배 놔라 감 놔라 하는 이런 어처구니없는 이들이 많다. 인간은 먹는 것 가지고 싸우기도 하고 사람 가지고도 싸우기도 한다. 인간의 본성이 끝에 다다르면 이 같은 것은 사라지고 만다. 정작 순서도 모르고 이유도 모르고 엎어지는 사람이 있다는 것이다. 그런 뒤는 이미 늦은 것이다. 내가 치르는 밥상보다 남이 치르는 밥상에 시선을 돌린다. 그리고 이래라 저래라 해 놓고 정작 남은 것은 없다. 사람들이 의외로 똑똑하지 않다.

어리석은 사람은 그 틈을 타서 이득을 보려 하지만 이들은 나중에 그들의 어리석음만 드러낼 뿐이다. 용서받을 자세도 없을뿐더러 잘못을 뉘우치는 태도도 비치지 않는다. 난 나 자신처럼 남을 대했다. 그러다 보니 나 자신만 한 사람들이 아니라는 것을 알고 조심함을 늦게 깨달았다. 상처를 안고 있는 이 앞에서 내가 보아왔던 여자들은 거의 똑같다. 상처를 척 즐겨 한다. 오히려 인간의 본성이 드러나는 행위만 비출 뿐이다. 어쩌면 글이 없다면 인간은 동물과 다를 바 없다는 것을 반증해 주는지 알 수 있다.

세상 사람을 자신처럼만 보면 잘못되기 쉽다. 좋은 이도 상처받기 쉽고 나쁜 사람은 더욱 나쁜 짓을 하게 된다. 인생의 경험은 어투를 보면 느낌이 온다. 내가 태어난 곳에서 비롯하여 내 주위의 꼬인 사람 비롯하여 인생 전반기 넘어서기까지 그들 같은 사람만 만나고 허탈한 느낌만 가져 본다. 나처럼 남을 잘못 대했기 때문이다. 나 같은 반듯한 사람으로 대했기 때문이다. 나처럼 다른 사람도 착실한 줄을 잘못 알았기 때문이다.

이제야 눈을 뜨게 된다. 제대로 두려움도 보이고 조심함도 다시 보게 되고 사람들이 보통처럼 제대로 보이게 된다. 나 자신이 보통 사람으로 되어 다가서야 함을 알게 됐다. 사실 내 몸이 내 말이 오늘처럼 열리게 되기 전까지는 평범한 보통 사람이 아니었다. 인간과는 가까운 생활을 해야 하는데도 인간과 가까운 생활을 하지 못하였기 때문이다. 늦게 틔운 꽃은 늦게 피기 마련이다. 늦게 열리지 않더라도 열릴 때까지 기다려야 한다.

장소가 사람이 받쳐주어야 꽃도 피기를 기다릴 줄 안다. 이제 사회의 변화에 사람들의 변화에 눈뜨고 나아가야 한다. 정작 나아가다 보면 나 자신이 나를 받쳐주고 내가 스스로 설 수 있도록 될 날이 있으리라는 것이다. 덜된 사람들 틈에 된 사람이 끼면 덜된 이들은 굶는 사람처럼 나쁜 야수가 된다. 인간 땅에서 산다는 것은 어렵기도 하다.

악은 비롯됨이 사탄의 달콤한 말이고 이런 이들은 자신을 포장하여 교육장 배움터라는 곳에 어둡게 발을 딛는다. 이런 경우도 있지 말았어야 할 경우다. 진정한 교육장에는 진정한 사람들만 있도록 되면 좋겠다. 그렇다면 열 중에 열이 다 없어지지 않고 중간은 유지되지 않을까 싶다. 깨닫는 사람이 많아야 발전을 볼 수 있다. 상처를 가해놓고 해줄 수 없는 짓은 하지 말았으면 좋겠다. 어리석은 사람은 그만큼 고통을 받아야 깨우친다.

남 배려도 보지 못한 사람은 인간이 아니다. 죽은 사람은 돌아오지 않는다는 것도 모르는 어리석은 사람들은 어떤 것으로 깨우쳐야 할까? 배움은 스스로 배운다. 의견은 논할 수 있다. 강요하는 교육은 사람들의 생각이 아니다. 강요하는 교육은 기본 필수 교육뿐인 것이다. 함께 배울 수는 있지만 머물 때는 혼자여야 좋다. 뒤떨어진 사람이 나은 사람을 치고 들어올 수 있기 때문이다.

난 어이없는 가정에서 태어나 어이없는 사람들만 겪었다. 그중 나는 별종인지 몰라도 다른 인간들은 굶주려 빼앗는 사람들만 본 것 같다. 인간 자체가 굶주려 있는 사람을 만나기보다 굶주림을 스스로 달래는 이를 만나는 것이 좋다. 이런 이한테는 먹을 것이 저절로 앞에 떨어질 수 있다. 함께하면 안 되는 것이 있다. 인간과 동물이다. 나쁜 야수 같은 인간은 깨닫지도 않는다. 우리 각자는 어떤 부류의 인간인가?

내가 다치고도 약하여 기억이 떠나가는 순간 사람들은 내 마음에 얼마나 해 됨을 자행했던가? 나쁜 야수 같은 인간 같다. 어투를 보면 인간의 경험을 들여다볼 수 있게 된다. 얼마큼의 무게도 느낄 수 있다. 맑은 사람을 깨끗하지 못한 사람들이 전염시킨다. 우리는 이러한 사람들을 가릴 줄 아는 판단력이 부족하다. 사회의 이러한 변화가 참 아쉽기도 하다. 자신 일만 하면 백 배 좋음도 모르니 말이다.

그러고 보면 스스로 성인은 너무 아깝기도 하다. 가르치려고 애쓰는 사람일수록 뒤떨어지는 사람인 것이다. 자신의 마음이나 다스리고 자신을 스스로 가리키는 사람이 되기를 필요한 사람이다. 질투가 원인이다. 남의 집 일은 돌아보지 않아야 한다. 남자에 관심 없는 사람도 있고 질투가 심한 여자도 있다. 이런 사람들이 함께 있다 보면 남자에 관심 없는 여자가 다치는 법이다. 질투 있는 여자는 아무리 좋은 일을 하려고도 되지 않는다. 질투가 망치는 요인을 가지고 있기보다 말을 들어보면 금방 나타난다.

도와주는 이는 가만히 있어도 잘 된다. 떠들썩한 이는 오히려 노력해도 되지 않는다. 어리석은 부모 때문에 애꿎은 자식이 다친다. 어디서든 판단이 모자란 사람 한두 명은 끼어있기 마련이다. 이런 것은 도미노같이 전염시키는 깨끗하지 못한 사람들이 한소리 하고 싶기 때문이다. 이 같은 이어짐은 도미노 같은 결과로 볼 수밖에 없다. 정당한 힘으로 싸워 이기지를 못하니 부족하여 말로 헤집어 상처 가하는 모습이 연달아 맞춰놓는 것과 같다. 지금까지 간섭하고 끼어들고 하는 이들이 똑같은 것 같다.

어설픈 사람 부딪히지 않아야 감정을 다치지 않는다. 사람들을 보면 비빔밥이 연상된다. 남의 비빔밥을 망쳐놓는다고 할까? 이런 특징이 있는 것이 엿보인다. 사람들의 정에 버림받은 이들이 많다는 것이 보인다. 남의 일에 끼어들어 방해를 주는 C.F.G 때문에 나로 인해 내 아이까지 비롯하여 사람들을 도미노같이 감정을 상하게 미친다. 문제 있는 사람의 자리를 떠나야 하는 것이 문제 있는 사람을 떠나 보내는 것이다.

내 안의 문제들을 끄집어내니 내 안에서 줄 서 있는 사람들이 많이 감추어 나온 것 같은 기분이다. 이렇게라도 해야 함을 이해할지 모르겠다. 아픈 사람은 상담하기가 어렵다. 그런데 마음이 괴로울 때는 마음에 없는 심리도 마음 끌리게 작동된다. 이 마음을 갖게 한 이들은 잘못된 것이다. 배려심 없는 사회는 메마른 물과 같다. 이제 누가 잘하고 누가 잘못하고 논하여 따지기 전에 각자 자신부터 지난 과거로 족쇄 잡는 마음을 버려야 한다.

살아보며 느낀바, 다른 사람의 보이는 부분만 보지 말고 자신이 보지 못하는 부분도 볼 줄 알아야 한다고 생각된다. 구속 느낌은 둘도 이해되고 셋도 이해된다면 부족한 것이고, 나름 다수가 이해되어야 한다. 다른 사람이 이해할 수 있는 것이 있다면 그 부분을 자신이 진정 이해했는지도 생각해보아야 한다. 자신의 발걸음이 편하게 집을 향해 들어갈 수 있다면 다른 사람도 편하게 들어가는지 한번 되짚어 봐야 한다.

정말로 비롯되어 태어난 가정이 구속 집채처럼 느껴져서 싫어진다. 부모보다도 그 겉을 감싸고 있는 부분들이 정말로 역겨워질 정도로 싫다. 끈이란 게 사람 목숨 잡을 정도로 나쁜 것도 실감 나게 느껴진다. 좋을 때 놓아줘야 나쁜 것도 끊게 되는 것이다. 얼마나 나를 잡고 있던 끈들이 많았던가? 이만큼 해놓고 보니 이제 내 문제는 내 안에서 해결하고자 하는 믿음이 생긴다고 생각된다. 한때는 괴로운 말들이 떠올려졌는데 지금은 그 기억들의 말들을 주머니에 끼고 있듯이 기억할 필요는 없어졌다.

그 누구라도 어떤 이에 의해 내 마음이 불편해지는 말을 듣고 내가 기억을 못 할지라도 뒤의 기분은 불편함이 저절로 느껴진다. 복잡한 사회에서 바쁜 생활하는 사람들이 조잡한 마음을 가진다면 그 마음을 거두었으면 하는 바람이다. 앞과 뒤를 잘 모르고 판단 부족으로 서투르게 하는 사람은 그 부족을 되돌아보고 멈추는 것이 좋다고 생각된다. 바다에 빠져본 사람이 구조된 뒤에는 물에서 땅으로 나오는 순간 바닷물이 순간 돌풍을 일으키며 잔잔해진다. 그 순간 '아찔할 뻔했구나.' 하고 안심하게 된다.

난 이 글을 정리함으로써 나를 두려움에 떨던 말들도 잊히기 시작했다. 개인만 고집하다가 엉뚱한 사람으로 인해 바른 사람이 사회에 나가는 것을 막는 것이 된다. 어찌 됐든 심리가 좋았던 것은 아니라고 말하고 싶다. 그리고 너무 나쁘다고도 아니라고 말하고 싶다. 여유가 안 되니 사잇길로 가는 것이다. 다른 센터의 상담사분도 기억에 특별하다. 이때 코로나가 왔기 때문에 기억이 남는다.

내 경우는 경우가 다르다 보니 나를 옭아매는 것으로부터 벗어나야겠다는 마음으로 했지만, 심리에 모두 기댄다는 것은 오히려 부작용 우려의 탈을 만들 수도 있다. 가벼운 것은 털어낸다는 마음으로 하고 넘어가야지 부작용 우려가 되지 않을 수 있다. 깊은 물속은 자신밖에 잘 아는 이는 없다. 누가 건너와서 구해주지 않는다. 구해줄 수도 없는 것이다. 구해 주려다 된통 망쳐놓기가 되기 쉽다. 인간의 문제는 스스로 해결하는 머리를 부여받는 특혜를 우리는 주어짐 받았다. 준비 없으면 어지럽게 되지 않을 것도 어지럽게 된다. 난 내 경험과 나의 깨달음으로 밝혀둔다.

잔가지는 다른 사람에 의해 힘을 모아 풀어질지언정 중심 가지는 자신뿐이 못한다는 것이다. 잔불이 있지 않을 때야 불이 붙지 않기를 기대할 수 있지만 불이 붙어 중심까지 태우면 꺼지기는 어려운 것과 같다. 난 가족도 남이란 것을 의식 못 하였다. 의식하고 나니까 내가 헛된 가정에서 누구를 위하고 살아왔나 싶다. 이런 상대를 생각해주는 것은 내가 다치는 꼴을 볼 수 있다. 대화도 없이 사는 가족이라면 남과 다를 바 없다. 이런 것을 이어가기라도 하는 듯 난 대화 소통도 없는 곳에서 혼을 뺏긴 듯 있었던 것이다. 누구를 위하여 있었던가? 주위가 다들 파렴치한 같고 도둑 같은 느낌이 든다.

# 4.
# 부모의 벽을 깨다

난 멋모르고 상황도 의식 못 하고 나를 해되게 한 그 상대의 밥을 준비해둔 내 꼴은 내 정신이 아닌 정신이었고 정상이 아닌 정신이었다. 주위가 지금도 그걸 깨닫지 못한다면 제정신이 잘못된 것이라 할 수밖에 없다. 내 집을 잘 단속하면 주위의 그런 꼬인 이들이 들어올 수가 없는 것이다.

낯선 상대 잘못 만나 꿰어 서울 학교도 잘못 갔다. 그 주위 옆에 있다가 안 좋은 꼴을 보고 안 좋은 일을 겪었다. 부모님 주위에 있다 안 좋은 꼴을 보고 안 좋은 일에 엮어졌다. 엄마의 어두운 사고에 어둠 밖으로 내몰리다시피 했다. 그 주위에서는 오히려 엄마를 더 보살피라고 말할 정도였다. 엄마로 인해 내가 상처투성이로 사고가 뚫리지 못한 것은 전혀 생각하지 못하고 보지를 못하였다. 참 어처구니 없는 부모님의 주위였다. 그러한 엄마를 누구하나 자청해서 모시려고 하지 않았다. 주위 옆은 부모님을 모시고자 함께하고자 하려는 말조차도 거부했다.

　나의 약하고 강하지 못한 점을 드러난 아픈 기억을 잊고서 엄마와 돌아가시기 전까지 함께하였다. 그 주위는 나의 아픔을 헤아리지 못했다. 가정의 그러한 사람들이 참 나빴다고 생각될 뿐이다. 헛된 욕망과 속물과 제대로 바로 보지 못한 가정의 주위였던 것 같다. 비슷한 결혼이 좋은 줄 모르고 부모가 잘못되면 자녀도 잘못되는 것을 나를 통하여 볼 수 있다. 그 답답한 속에서 산다는 것은 죽을 정도로 기막히다. 이 집에 승복을 입은 사람 옆에 있던 아이인 내가 뭘 알겠는가? 그리고 내가 그 자리를 피한 것도 잘못인가? 오히려 발을 디뎠으니 발을 묶여놓게 되는 거였다.

　사람들이 아이만도 못하다. 그래서 사람이나 장소에 발 딛는 것 자체도 두렵고 무서운 것이다. 편하게 아이가 있을 장소는 아니었다. 아무것도 인지도 못 하고 자기 자식 지킬 줄 모르는 어리석은 부모였다. 엄마도 한계를 느꼈는지 모르겠다. 그래서 결혼도 자녀도 살아가는 빌미로 밖에 보이지 않는다. 약한 자는 약한 자대로 상처 입고 강한 자는 어리석은 방법으로 야비한 짓을 일삼는다.

　이 집의 승복 입은 모습은 번뇌였다. 나를 어린아이로 보지 않았던 것이다. 그들 마음이 비뚤어져 있는 것이다. 그 옆의 사사로운 여자는 나란 아이를 꿰차듯이 하려고 한다. 종교에 빠져서 빠져나갈 궁리로 살아간다. 죄를 쌓고도 종교로 감싸려고 한다. 난 번뇌의 가정 속에서 번뇌를 벗어 버리지 못하고 엄청 견뎌야만 하는 세월을 보낸 것이다. 없어져도 모를 장소였다. 잊고 죽어도 넘어가고 말 장소의 사람들이었다.

편파적으로 종교에 집착한 가정이었던 것이다. 난 그렇게 살아왔다. 그리고 그렇게 느낄 뿐이다. 그러한 속에서 난 그 주위를 떠나지 못하고 원치 않게 거들기라도 하듯이 자라왔다. 물가에 빠질 줄도 모르고 그 옆에 있게 한다면 아이가 잘못인가? 어리석은 부모가 잘못이란 것을 그 부모는 몰랐던가? 다들 어린아이만도 못한 이들로밖에 보이지 않는다.

거품을 걷어내면 또 다른 거품이 걷어지고 계속 거품이 걷어질 뿐인 것 같다. 이 거품은 한 번에 걷어질 수는 없다. 인간과 닮지 않아서 이런 어려움을 겪은 것 같다. 인간 세상이 이러하게도 복잡하다는 세상인 것을 깨닫고 가기 위한 것으로 생각되기도 한다. 가정을 한번 느끼게 되고 가족을 한 번 더 생각하게 되고 부모를 한 번 더 생각하게 되는 것이다.

결혼관계에서 잘못된 만남은 자만을 자청하고 들어간 경우와 같다. 결혼을 잘못하면 헛된 욕심을 바라고 그 집안을 들어가는 경우가 된다는 것이다. 내 경우의 인생 주위에서 겪은 경험에서 느껴진 바이다. 약한 아이도 있다. 사람을 일정 기간 보지 않아야 하는 경우다. 폭풍이 불어도 눈이 뜨여질 때야 사람을 보게 되는 아이도 있다. 이 집의 종교 승복 자체는 굉장히 머리가 복잡한 주위를 일으킨다. 왜 복잡했는지는 알아야 하겠다. 이 집의 승복은 번뇌였고 이것은 실마리였고 그 옆은 지지 않기라도 하는 듯이 더한 복잡성을 지닌 번뇌욕이었던 것이다.

진짜 정신에 문제가 있는 사람도 있다. 그들은 정상적인 지극히 조용하고 자신의 일에만 충실한 아이한테 접근한다. 이러한 정상적인 아이는 필요 외로 간섭한 이들로 인해 있어서는 안 된 사고의 괴로움을 겪게 된다. 순수한 물이 잡탕물에 섞이어 불순물이 되는 거와 같다. 과거의 해된 사람들을 떠올리지 않거나 부딪히지 않아야 사고의 부정에서 자유로울 수 있다.

과거의 해된 사람과 말을 피하면 사고의 괴로움은 주춤한다. 완전한 것은 아니지만 조심히 하면 사고 무거움으로부터 피해갈 수 있다. 퍼즐 같다고 할까? 건드리면 흩어지고 자리가 제멋대로 갈피 없이 바뀐다는 것이다. 퍼즐 중심의 고정됨이 망가졌다고 하면 될까? 이러함에도 난 불구하고 내가 나를 안고 산다. 남한테 해되지 않게 하고 피해를 주지도 않을뿐더러 나를 극복하며 살아간다.

우주가 날 사랑하고 자연이 날 사랑하고 나 자신은 자연의 벗이 되어보려고 살다 보니 나의 자리로 돌아온 셈이다. 자신의 경험의 역사는 단정 지어 말할 수 있다. 왜냐하면, 경험의 세월을 견디고 겪어왔기 때문이다. 하지만 남의 다른 사람의 경험은 단정 지어 말할 수 없다. 남의 경험은 공감은 가능하다. 그러나 다른 사람의 경험의 역사를 단정 지어 말한다는 것은 생무를 멋대로 반으로 자른 거와 다를 바 없다. 다른 사람의 의견도 구하지 않고 자기 맘대로 요리하려는 거와 같다.

특히 배움의 장에서나 남의 사랑 관계에서 멋대로 재단하려는 뒤떨어진 사람들이 있어서 괜한 사람 나락으로 떨어지게 하는 경우가 생길 수 있다. 이런 경우는 사람을 얕보고 무력의 힘이나 체력의 힘으로 상대를 이겨 보려는 술책을 가졌다고 볼 수 있다. 이런 사람과 함께는 뜻하는 목적을 이룰 수가 없다. 이런고로 사람을 분별하고 사귀어야 할 필요가 있다. 자기만의 중심, 즉 줏대를 가짐이 필요하다. 작은 깨달음 속에서 큰 깨달음을 얻는다면 큰 수확이다.

난 사람 사는 세상은 비슷하구나 이런 마음만 가져도 편안한 감정을 가질 수가 있다는 것을 느끼게 된다. 사람 만나고 대화하는 것이 어렵지만 주어진 기회 속에서 나름 깨달아진 것이다. 주어진다면 공감도 하고 나누다 보면 발전된 사고를 가질 수가 있을 것 같다. 사람도 느낌이 있다고 나쁘니까 나쁜 것을 피하기 위해서 나쁜 데를 꿰어 딛게 되나 보다. 이래서 확실히 끝마침이 되는 것이다. 끝마침에도 불구하고 이어 나가는 것은 똑같은 부류라고 볼 수밖에 없다.

난 나처럼 배움이 같은 배움인 줄을 알았다. 그런데 다 같은 배움보다 더 나쁜 수단을 가지고 배우려는 이들이 많다는 것이다. 그리고 꼬인 사람에 잘못 디뎠다는 것은 더 많이 아는 사람보다 덜 아는 사람이 말하게끔 한다는 것은 떳떳하지 못하기에 그러한 것 아닌가? 보통 배운 사람들도 이런 어리석음이 있는 줄을 몰랐다. 희소성은 가치가 있다. 이 희소성이 없으면 대중성도 없게 된다.

심리는 공감됨을 구하고 싶었다. 공감 아니면 의견이 틀어진다. 내 삶의 방식과 다른 사람들의 사는 모습도 비슷한 생활을 하는가 공감을 얻고 싶었다. 딸이 엄마가 불쌍해하고 눈물을 흘린다. 마음껏 표현 못 한 엄마가 불쌍해 보여서 눈물을 흘렸다고 말한다. 다른 정신의 공감력이 없는 그들은 자만의 허술함을 스스로 드러내며 살아가는 사람들 같다. 정신 사고의 길은 제각기 다르다. 흡수하는 방법도 다르다. 펼쳐 놓는 방식도 다르다. 교류하는 정도도 다르다. 캄캄한 시야로 숲을 볼 수 있는가? 캄캄한 속에서 뭘 볼 수 있겠는가? 어두운 시야로 욕심에 가득 찬 눈으로는 자신의 앞에 잘못 들어온 보석을 취하고 그것을 캄캄한 속에 어리숙하게 감춰둠을 의미한다. 나이가 있다고 해서 아이만도 못하다는 말이 왜 있겠는가? 이런 경지의 글을 쓰도록 피와 살과 땀을 빌리어서 할 만큼 그러한 인간은 느끼고 배워도 못 미친다는 것이다. 인간의 크기는 그러한 인간으로 여러모로 고통을 겪는다. 크기만 크지 나이는 숫자에 불과하다는 말이 인간의 완성이 미치지 못하다는 말이다.

한적한 곳이나 나무와 숲이 많은데 이런 데를 차로 쌩 달리다 보면 마음에서 두려움이 있게 된다. 이런 마음은 내가 어려서의 주위 공포를 연상하게 한다. 부모가 배우지 못하고 형편이 어려워 그 주위 근처에 머문다고 하자. 그 같은 부모 대로 아이를 대하고 일 벌이는 여자는 거의 포악하고 무지스럽다. 이런 사람은 강아지 개 목줄 채워서 이리저리 끌고 제멋대로 행하는 사람과 다름없다.

더 배우고 덜 배우고를 떠나서 이런 성질의 사람은 결국은 아이를 죽음의 경지로까지 내몬다. 사람이 이처럼 인간인 것이다. 하면 어찌 부모라고 형제라고 인척이라고 덥석 발을 붙이겠는가? 아이는 두려운 기색이 있으면 놀라 피하게 마련이다. 이런데도 불구하고 끌어내려 해서 해 되게 하는 인간이 더러 있다.

어떤 이한테는 배움이 수단과 방패로 쓰이고, 전부를 가릴 수 있는 것은 아니라는 것이다. 이런 사람들은 제 갈 길로 가지 못하고 다른 사람의 길을 막고 있는 거나 다름없다고 생각되는 바이다. 얼마나 세상을 몰라 디뎠으면 이런 게 세상이구나 정도로 깨닫고 가는 나의 인생 아닌가 싶기도 하다. 아무리 세월이 흘러서 손익을 따질 때는 나쁜 이는 그 기억을 피한다.

기억은 사람의 마음을 기억한다. 그 마음은 알고 있다. 피한다고 모르게 하고 살아도 그 인생은 마음을 속이고 사는 인생이나 다름없다. 왜냐하면 인간인 사람의 세상은 모두가 서로에게 영향을 주고받고 사는 공동의 사회이기 때문이다. 진정하지 못한 인간은 때 늦은 뒤에 하려 한다. 피할 수도 없는 인생이다. 제일 청정한 아름다운 꽃은 제일 나쁜 사람에게 닿을 수도 있다. 이런 게 세상이다. 그러한데 부딪혀서 더 깊게 더 넓게 세상의 이치를 인식한다. 그리고 좋은 신비를 사람들에게 인식해서 더 나은 세상을 생각해 보기도 한다. 걸러내고 걸러내서 세상 살아가도록 되는 게 세상이기 때문이다. 사람들이 살 수 있는 세상이 되도록 하기 때문이다.

투쟁할 때 경쟁할 때 이기든 지든 끝나면 더 말을 남길 필요가 없다. 그런데 나쁜 이는 시작을 나쁘게 해놓고 끝도 당연히 나쁜 줄을 어리석게도 모른다. 끝이 나쁘게 되면 돌아올 것도 당연히 없을 것을 끝에 재를 뿌린다. 그 재가 자신에게로 돌아올 줄 모르고 해대는 어리석은 이들이다. 그런 모습이 그들의 처음 모습과 같은 것이다. 잘 보고 가는 길만이 안전하다.

딸 마음과 기억을 치료해야만 보금자리가 생겨도 편안한 마음으로 살 수 있을 것 같다. 하루에도 수 번씩 어떨 때는 상황에 따라서 심하고 덜 심하고 한다. 어찌 됐든 딸의 마음과 기억에는 자신이 힘들 정도로 마음을 못 잡을 때가 있다. 보금자리가 생겨도 마음과 기억의 치료가 안 되면 아무 소용이 없을 것 같다. 다양한 환경 다양한 시각 좋은 기억이 없는 것 같다. 모태에서부터 하나하나의 생년에서부터 돌아보아야 할 것 같다. 나쁜 기억이 생각나서 힘들다고 나를 잡을 때가 있다. 딸의 마음에 굵은 선이 주름잡아진 것 같다.

그 접힌 주름을 반듯이 펴내듯이 기억의 머리를 맑게 해야만 할 것 같다. 딸의 행동과 마음이 자유롭기 위해 나쁜 기억을 자신의 마음에서 떠나도록 해야 할 것 같다. 어떤 계획을 세워 해야 할까? 나쁜 생각을 잊어버리고 쏟아버릴 만한 어떤 게 있을까? 나쁜 기억은 나로부터 발생했다. 생활과 사람 관계 이런 게 다 문제가 있었다. 내 건강이 사람 관계가 흔들려버리니까 딸 옆을 돌보기가 어려웠다.

**C.F.G**의 기억이 제일 역겹고 싫다. 처음으로 절감했다. 무턱대고 똑같으려고 하는 사람은 치고 들어오는 사람과 같다. 배운 이들도 정신문제를 갖고 있는 이들도 겪은 것 같다. 치고 들어오는 사람은 옆을 딛고 사는 사람이다. 딛고 사는 이들은 어린아이의 생각만큼 못하다. 나이를 뒤로하고 어린아이와 같으려고 하는 사람이다.

순수한 물에 흙 묻은 발을 담그려 하는 사람이다. 맑은 물에 더러운 물을 걷을 방법이 어떤 것이 있을까? 오염된 더러운 공기에 숨도 격할 정도로 많은 냄새를 줄 따라 엮은 것 같다. 배움은 나침판이라 생각된다. 그걸 가지고 허세 부리는 이들은 좀 부족한 사람처럼 보인다. 그저 자신의 더러움은 깨끗한 물을 받아서 자신이 씻겨야만 하는 것이다. 그러면 문제가 안 된다.

내 마음의 사랑은 사랑다워야 한다. 정당한 마음을 인식하는 사람만이 그 역할에 어울린다고 할 수 있다. 어서 벗어나고 싶다. 답답하고 숨 가쁜 마음으로부터 자유롭게 벗어나 맑은 공기 속에서 살고 싶다. 내 마음이 이런데 옆의 아이는 하물며 오죽하랴? 충분히 그럴 만도 하다. 아이로부터 눈을 뜬다. 아이는 나의 눈이다. 나의 보지 못한 부분을 보여주는 눈의 보배라 할 수 있다.

이 글은 아이와의 갈등 나와의 갈등 가족의 갈등 사람과의 갈등의 문제를 안고 있는 상황에서 아주 고된 마음으로 쓰였다. 인간은 왜 인간이라 할까? 그러한 인간으로서이다. 인간이 뜻하지 않은 훔친 보석에 의해서 음식을 배우기 시작한 것은 마음에 독이 될 수 있다. 마음의 독으로 만들어졌기에 독이 되어 심신을 나약하게 무너지게 할 수 있다.

인간은 자신이 파멸할지 모르고 나아가는 게 인간이다. 정도가 넘쳐서 인간이라 칭하지 않을까? 사람 자체가 틀이라면 틀이다. 밖에서 얻는 것은 나름이다. 소소한 것은 깨져도 새로 복구할 수 있지만 큰 틀은 깨지면 사람으로서는 복구하기가 어렵다. 그러므로 제때 마음을 터주는 것이 좋은 길로 안내되는 것이다. 그게 다른 믿음이다.

나쁜 잘못된 헛욕심은 자신의 발길을 종교의 피난처에 몸을 싣고 산다. 그 훔친 뿌리가 닳을 때까지 헛욕심은 가지를 뻗치게 한다. 난 이런 주위의 캄캄한 공포의 어둠에 있었다. 이 시야에서 나오지를 못했다. 그러니 얼마나 좌충우돌하지 않겠는가? 그리고 그 나쁜 인간의 헛욕심의 발길이 어디까지 향하는지도 보았다. 그 어두운 시야에서 나오려면 자연의 힘을 통하고 내 힘을 빌려야 가능하다. 그만큼 인간의 하잘것없는 틀에 의해서 손상됐기 때문이다.

그래서 난 아주 절대적으로 심한 아픔이라 할 수 있다. 높이가 깊이가 클수록 그만큼 하게 된다고 느껴진다. 그러므로 물은 따로 있는 것이다. 잘못 물에 닿으면 회복이 어렵다. 힘든 과정을 겪고 살겠는가? 자연적으로 되는 것을 바라고 살겠는가? 씨앗도 잘 돌보아야 제대로 꽃이 피고 열매를 맺는다. 일을 너절하게 벌이려는 이를 조심해야 한다. 제때 먹는 밥이 맛있고 제때 먹는 약이 효과가 크다.

주원인이 불러일으킨 그 원인은 다른 영향 속에서 주원인으로 돌아간다. 한무리 속에 다른 이들은 셈이 밝은데 다른 한무리는 셈도 약할뿐더러 재미도 못 느끼는데 그 속에 있다 보니 서투른 셈이 들추어졌나 보다. 사람 속에서 대중 속에서 언어 가운데에서 나의 기억을 되돌아본다. 사람은 다 같은 사람이 아니다. 결혼이 맞는 사람이 있는 반면에 결혼이 안 맞는 사람이 있기도 하다. 모두가 빛깔이 다르기 때문이다.

진정한 가치는 같은 빛깔 속에 있는 것이다. 내가 스스로를 지배하고 또한 반면에 나의 것이 있으며, 나의 안식에 걱정이 없을 때 힘이 나는 인생이라고 생각된다. 엄마 옆에 나의 삶은 어떤 것에도 흔들리는 삶이었다. 깨어나기에 긴 시간이 있을지 모를 정도로 엄마 삶만 생각하시다가 가신 것이다. 자기 자리가 맞을 때 소통이 되며 나의 빛깔에 있었을 때 다른 빛깔과도 소통이 되는 것이다.

커다란 나무는 상처를 입으면서도 곁가지 나무를 보듬어준다. 나를 비유했을 때 이만큼 하고도 살았나 싶으니 나의 삶이 과연 좁지는 않았나 보다. 엄마가 가실 때까지 내가 그 옆에 있어 주었으니까 그 모습 보았으니까 행복하게 가신 것이다. 그러므로서 무거운 짐을 내려놓으시고 떠나가셨다. 공감은 사람에게 힘을 샘솟게 하는 건강한 힘이 나오게 한다. 일반으로 사람은 돌에 맞은 경험은 돌을 피하게 되고, 웅덩이에 빠진 경험은 웅덩이를 피하게 된다. 유유상종에서 어긋나면 별로 좋은 것은 없는 것 같다.

인간관계는 목마름에 갈증 나는 샘물 같은 것이라고 할 수 있겠다. 좋은 부모가 되는 것은 따뜻한 음식과 따뜻한 목소리가 들려지는 것 아닐까 싶다. 부모님은 자녀를 세상 밖으로 태어나게 해주시는 것이다. 자녀가 잘 태어나든 잘못 태어나든 그것으로 다함이라 생각된다. 그렇게 느껴진다. 태어남이 기회라 생각된다면 그때부터는 알아서 하는 것이다. 소중한 사람을 만나는 것도 피하고 싶은 사람을 피하는 것도 알아서 하는 것이다. 가랑비 맞을 때 맞고 싶은 것도 소낙비 맞을 때 맞는 것도 알아서 하는 것이다. 똑같은 상황에 놓여있는데도 기본이 안 되는 상황을 갖는 이는 문제가 있다는 것이다.

상처 없었던 본래대로 돌아가고 싶은 마음이다. 시간이 사람의 속성을 나타낸다면 그 시간이 기쁨일 수도 있고 그 시간이 아픔일 수도 있다. 자신의 생활에 성실하게 살지 못하면 모래알 씹는 생활을 할 수가 있다. 막힌 길로 돌아가지 않으려면 내 작은 가까운 데서부터 성실하게 살아가야 함을 느낀다. 어린아이도 자신을 저버리지 않으려면 책임 의식을 지녀야 한다. 그래야 자신도 지켜나가고 부모님도 지름길로 갈 수가 있다.

엄마가 감싸 안은 것 이야기는 많을 것 같다. 아이는 오해를 지니지 않고 발을 딛는다. 그래서 아이일지 모른다. 지나치리만큼 구분 못 하고 종교에 빠진 이들은 잘못된 개념을 갖고 있는 이들이라고 보인다. 자리는 올바를 때 빛을 낸다. 나란 아이가 두려움을 느꼈다면 그래서 피했다면 피한 곳이 어쩔 수 없는 곳이었다면 그리고 막다르게 피해도 실타래 엉키어지듯이 되었다면 소통이 될 수 없는 것이다. 엄마를 만나는 것은 어쩌면 차가운 품 안 같다는 생각이 든다. 어려서부터 엄마를 비롯하여 주위의 모든 사람들이 차가운 느낌이다.

두려움으로 몰아가는 엄마라는 생각이 든다. 번뇌에 차 있다 하더라도 괴로움을 느끼는 사람은 번뇌를 끊으려고 고통을 느낍니다. 나 자신과의 대화를 하면서는 누구를 지칭하면 싸우듯이 이야기가 주어지지 않는다. 나 자신과의 대화 속에서 마음이 가라앉게 된다. 나에게 아픔을 주는 이들한테 그처럼 관대하게 대했을까 후회도 된다.

사람의 안 닿을 흙바람에 나의 눈과 귀와 입이 막혀 버렸습니다. 자연의 바람에 의하여 흙먼지를 털어내 버린 뒤에 내 소리가 들립니다. 세상의 바람을 맛보고 느낀다면 세상이 넓어서 잘 보라는 것입니다. 애꿎은 사람 치어가며 몰아가면서 자신의 몸을 살기 위해 살아가는 모습들에 입이 절로 다물어진다. 사람은 자신의 닿을 수 있는 양만큼만 취하는 사람이라야 감탄이 나오게 된다.

깨달음은 홀로 있을 때 찾아든다. 외롭게 고독하게 태어났습니다. 슬퍼도 괴로워도 울지 않는 나였습니다. 그런데 지금은 가만히 있어도 외롭고 슬픕니다. 마음이 무너지는 듯한 모습 장면들이 뇌리에 스치면 내 마음은 지극히도 아프고 몹시 아려옵니다. 빠져나오지 못해서 끊지 못한 결과물은 온통 상처와 아픔과 싸맨 가슴과 심장이었다. 좁은 감정의 그들의 교육에 그들 좁은 감정의 가치에 그 위선에 그 가증함에 내 곧은 정신이 휩싸였다.

# 5.

# 공감과 존재감

시작도 외로웠습니다. 끝 세월 가니 더 외롭습니다. 외로움은 더 공포스럽습니다. 내 마음을 상하게 하면 내 아픔이 쏟아집니다. 엄마의 편협되게 갖은 생각이 바람 속에서 먼지를 날리고 새 공기를 마시며 걸어갈 때 생각도 새로워지는 것이 내 마음을 가볍게 흔든다. 어린아이가 한 자리에서 그 자리를 이동할 줄 모르고 움직이지 않은 채 있었다면 그 행동은 아이의 두려움으로 숨은 것이다.

가슴이 아파서 마음이 아파서 원치 않는 움직임으로 인하여 세상을 떠난 가까운 이를 생각해본다. 그리고 원치 않는 말로 잘못 이끌어서 만남을 가진 이를 생각한다면 참으로 용서하기가 어렵다. 진짜로 용서가 안 된다. 잘못된 시야는 소중한 것을 잃은 후에 정신을 차리나 보다. 사람이 사는 것이 신기할 뿐만 아니라 사람 목숨이 그만큼 귀중하다는 것을 느낀다. 이따금 반복되어도 잊히지 않는 생각이다. 처음처럼 마음 같다. 공감이 사람 속에 활력을 갖는다는 것이 얼마나 힘이 되는가 실감이 든다. 마치 움직이지 않는 생물이 움직이며 신기하고 그 숨소리를 듣고서 좋아하는 것처럼 말이다.

세상은 많은 시간이 있을 수도 있겠지만 아닐 수도 있다는 것이다. 좋은 길과 나쁜 길을 가려서 잘 갈 수 있게끔 시간이 부여되지 않을까 싶다. 세상의 존재 여부도 마찬가지로 보인다. 어찌 보면 나 자신은 내세울 만한 것은 그다지 없는 것 같다. 그저 나의 바른 앞만 보고 살아갈 마음이다. 안 맞는 장소의 뿌리에서 태어난 꽃이라고 말하고 싶다. 괴물 같은 이의 영향은 영원히 잊지 못할 것 같다.

정말로 할 수 있는 것은 이 작은 펜으로 나의 마음을 쏟아내는 것이다. 그래서 조금이라도 내 마음이 풀린다면 그런데 그 어떤 말이나 글도 풀리지 않더라. 그런데 공감은 풀리더라. 제일 좋은 것이 공감이더라. 긴 긴 세월을 어떻게 참았다고 생각될까? 기억이 잠시 중단된 것으로 보인다. 아무런 욕도 그 어떤 말도 나올 수가 없이 기억이 잠들어 버렸다고 할까? 그래서 지금까지 온 것이 아닐까? 살과 뼈가 생기를 얻으면 새로운 잎이 나듯이 새로운 생명이 돋듯이 그러할 때 참을 수가 없더라.

너무 괴로워서 그 어떤 것도 위로가 안 되었다. 그런 이들 때문에 시간과 세월이 이리 낭비가 되고 멈추지 않아야 할 일이 멈추고 멈추어야 할 일이 멈추지 않는가? 자리의 무조건 배려는 상대의 감정을 잃게 한다. 살아온 그 동안 내 감정을 잃었던 것은 무조건으로 말과 마음이 닫혀있었기 때문이다. 그리하면 나쁜 이들은 더하여 사람을 어지럽게 한다. 별처럼 고독하게 태어났어도 별처럼 밝게 세상을 비출 수도 있습니다. 그래서 외롭다고 할 수 있다. 말 없는 생활은 감정과 정신이 미쳐가는 것일 수 있다.

그래서 물질이 있든 없든 서로 해야 할 말은 하고 사는 것이 상대적으로 좋다고 본다. 사람 가운데에 있는 것이 좋은 것은 혼자여도 사람 가운데에 있는 것처럼 좋다는 것이다. 지옥 같은 공간은 변화도 없는 같은 자리에 같은 장소에 있는 것이라고 생각된다. 생각도 없고 사고도 둔화되고 감각도 없는 수족이 뻣뻣하게 되는 몸의 감각이라고 말하고 싶다. 내 인생의 시작부터가 지옥 같은 자리라면 난 그 자리에서 내 인생의 절정 시기를 살았다고 볼 수 있다.

그래서인지 먹는 것부터 생각하는 것부터 움직이는 것부터가 무언가에 붙어버리는 것처럼 떨어져 나오지를 못한 것 같다. 나오고 싶어도 떨어지지 않는 것이다. 숨을 죽이며 살았으며 말은 닫히고 눈물은 말라서 나오지 않았다. 주위의 공기의 무거움에 눌리어서 숨을 제대로 쉴 수가 없었다. 하지만 몸과 정신은 맑아야 유지가 될 수 있듯이 거두어버릴 것은 거두어야 감당하기 힘든 것까지 짊어질 수는 없지 않은가?

그러고 보면 나 자신이 발을 뗀 어린아이처럼 시작이었으면 좋을 것이란 생각도 해본다. 내가 보아도 난 어린 갓난아이 같다는 생각이 든다. 이제 발을 뗀 아이처럼 환하게 살고 싶다. 난 화가 나거나 감정이 치솟거나 할 때면 말이 어수선해진다. 상대방 말에 의문이 들어 질문을 못 하고 되물어보지 못할 때가 많을 때이다. 대화를 많이 않고 사는 습관이기 때문이다. 기억은 나의 모든 것을 밑받침해주는 것이라고 할 수 있겠다. 그렇다고 몸부림치고 기억을 하려는 것은 아니지만 사실 기억 자체가 어쩌면 공포일 수도 있겠다는 것이다.

내가 강심장도 아니고 누구를 넘어뜨릴 만큼의 힘이 있는 것도 아니다. 그렇다고 부를 자랑하며 남에게 뽐내어 으스대는 그 힘이 있는 것도 아니다. 나에게 안 좋은 기억은 살을 오르내리는 것 같은 느낌 전율 같은 것이라 할까? 억지로 환경을 넘어서고 하는 배움은 대단한 것이 못 되는가 보다. 그 옆에 있다 보면 나 자신은 아무것도 보지 못한 결과를 초래함을 느낄 때 너무 많은 것을 잃었다. 사나운 그들도 가세하여 안간힘으로 나를 넘어뜨리도록 하는 것은 나에겐 아무런 감정의 가치가 되지 못한다.

기억하지 않고도 해롭지 않고 잘살 수만 있으면 좋지만, 기억은 발자취의 흔적이다. 나의 삶은 나의 아이한테 깊은 상처만 남기었다. 그들의 올바르지 못한 점쟁이 같은 말로 나를 꼬여내게 하는 것은 경악이다. 완전 경악이다. 나쁜 힘은 어리석습니다. 부도덕한 강한 사람만 잘사는 것처럼 보일 수 있다. 하지만 인간의 삶은 좋은 사람, 선한 사람, 착한 사람이 없으면 사람 삶은 생존하지를 못합니다. 생존은 선이 우선이기 때문이다. 어려서의 나의 기억은 최고의 두려운 시기였던 것 같다.

엄마는 지극히도 사람 집착에 심했다. 다른 사람한테서 찾아보기 힘든 사람이다. 엄마를 나한테 묶어두었다고 할 정도로 나한테 맡긴다는 생각이 들었다. '엄마를 만나지 않았더라면 훨씬 인생이 달라질 수 있을 텐데.'라는 생각이 들기도 한다. 어려서는 생각 자체가 열리지 않을 뿐만 아니라 엄마 옆에 있다 보면 생각이 아예 떠오르지 않는다. 사는 것이 너무 힘들다고 느끽 때가 있다. 두렵고 살을 에듯이 전율로 무서움을 느끼게 할 때이다.

제대로 보지 못한 가정만 보는 결혼의 어리석음은 그 안의 착한 사람이 상처 입게 될 줄을 모른다. 그러한 것은 사람을 제대로 볼 줄 모르고 엉뚱한 것을 보는 마음에서 비롯되기 때문이다. 그 인생의 티끌에 닿았는지는 모르지만 아이는 진탕 헤져도 엄마는 모르신다. 티끌 옆에 있게 한 것도 큰 문제지만 티끌은 내 인생의 걸림돌이었다. 나아갈 수 없을 정도로였다. 나의 숙명은 무엇일까? 생각해본다.

엄마가 마지막으로 가셨을 때 늦게서야 내가 다른 사람의 인생 속에서 헤매어 살았다는 것을 꿈에서 깨어난 것이다. 약하게 태어나도 결연한 힘을 지니고 살아왔다면 기적다운 것 아닐까? 자연은 소중하고 귀중한 사람은 버리지 않는다. 사람의 몫은 정해져 있나 보다. 기본은 바뀌지 않는가 보다. 그 기본을 잘 딛고 살면 되는데 다른 남의 기본에다 자신을 대니 엉뚱하게 방향이 나아갈 수밖에 없다.

기억은 빛과 그림자 같다. 빛이 나오려고 내 마음이 한시름을 앓았나 보다. 기억을 잃으면 실마리도 풀 수 없듯이 내 경우가 힘들게도 오랜 동안 머물러왔다. 나에게 삶은 하늘과 땅의 두 세계의 공간에 놓인 느낌이 든다. 풍족한 삶은 활기를 가져다주고 활력을 불어다 준다. 그런데 그들 교육의 역겨운 사람들에게 질림이 느껴지는 것은 왜인지 제 마음을 아프게 흔듭니다. 삶은 나와의 힘든 싸움인 것 같다.

그들끼리 부메랑처럼 낯선 성향과 다른 C.F.G의 성향의 탐욕의 비수는 한세월을 상처입히는 데 쏟고는 자신의 이로움을 행하는 데는 순간인 듯한 행동은 닮은꼴이 아닌가 의심스러울 정도로 느껴진다. 나에게 넓은 세상은 넓은 시야를 가려지게 하는 덫이 있어서 보이지가 않았다. 발 디딜 곳을 안 딛고 발 안 디딜 곳을 디뎌서 나의 상처가 컸다. 건강하지 못한 것이 나의 큰 약한 점이었다. 몸 상태가 그러하니 학습에 취미가 생길 리가 없다. 그저 쉬어주고 알맞은 음식 취하는 것에 의해 유지될 뿐이다.

함께 하여서는 안 될 데에 끼이면 백 프로 다치게 될 수 있다. 나의 아픔은 여러 방향으로 숨 돌릴 사이도 없었다. 내가 할 일을 한다는 것이 방향도 구분 없이 학습하였다. 진실과 거짓은 대등의 짝이 될 수 없는 것이다. 생각하지 않으려고 해도 괴롭다. 괜한 이 가까이해서 다쳤으니까? 마음이 닫힌 내 꼴은 세상에서 제일로 불행하게 보인다. 피할 자리에 있지 못하고 덫에 묶였다.

내 발이 빠져나오려 해도 안 되었다. 넓은 소통 속에서 사는 것이어야지 좁은 소통 속에서 살면 덫에 묶이게 된다. 상처받은 이는 앞서 나가면 안 되는 것이다. 정말로 그들 말은 치명적이었다. 뭘 바라고 어떤 저의가 있었을까? 상처받은 이는 학습 같은 것은 거리가 멀 뿐이다. 나는 영악한 이한테 맞추어주고 맞춰가고 하였다. 위한 척 거친 입과 거센 힘으로 약한 이를 깨뜨리려 하는 그들이었다. 그때는 나의 연약한 몸으로 주위가 보이지 않았다.

각각 틀이 다르니까 내 발을 그만 걸음 하는 것이다. 꼭 칼날에 베인 손처럼 정신을 울리게 하는 이상하게도 내 몸이 그렇다. 내 속이 뭉그러지는데 이리 오라면 오고 저리 가라면 가고 이럴 때는 완전 덫에 있는 거다. 보통이면 이럴 수가 없는 것이다. 그때 나이 이십 대 시작이지만 그들한테는 보이지 않는 나였다. 내 것이 남에게로 나가는 것과 주는 것과의 차이가 안 맞을 때 사람과의 약속이 안 맞을 때 흥분이 될 수가 있다. 그것도 나름이지만 흥분이 됨으로써 기억을 할 수가 있다. 좋은 것인지 어떤 것인지는 모르지만 상대방은 안다. 자신이 누구로부터 무엇이 왔는지를 알면서 말할 때 흥분이 된다.

고요 속에서 정신은 흐트러지지 않는다. 말의 동요 속에서 정신은 흐트러진다. 마음을 달래는 방법은 산을 생각하고 바다를 생각하는 것일 때이다. 그리고 맨 나중에 사람이 생각된다.

어린 씨앗이었다. 씨앗이 자라기도 전에 난 풍파를 겪으며 그 풍파 속에서 인물과 배움과 있는 것과 없는 것의 차이는 아무것도 아님을 느끼었다. 정신이 어수선한 것은 사실이다. 이 정신 속에서 내가 진짜 쉬운 길은 아니온 것 같다. 곁불때기처럼 좁다 하여서 없다 하여서 다치게 하는 것을 뻔히 알면서 옆에 있게 하는 것처럼 어리석은 부모는 없는 것이다.

현명한 이웃도 없는 것이다. 현명한 부모도 없는 것이다. 각자 하기 나름이다. 나의 신발 한 짝과 남의 신발 한 짝을 바꾸어서 한 켤레처럼 신을 수 없듯이 현명한 부모는 짝을 맞추어서 신발을 신게 해준다. 우주 가운데의 점은 없어지지 않는다. 태어날 때부터 경쟁의 소지를 전혀 갖지 못하고 태어나는 이가 있고 태어날 때부터 욕구의 소지를 갖고 태어나는 이가 있다. 절도가 강하게 태어난 이가 있고 기교가 강하게 태어난 이도 있다.

아이도 스스로 자신을 지켜야 한다. 그러한 마음을 지녀야 한다. 그래서 지켜낼 수 있다. 환경이 안정되면 밖으로 나가게 된다. 무엇인가 걸려 있으니 밖으로 나가지 못하게 되는 것이다. 장점을 빼앗기지 말고 강점도 빼앗기지 말지어다. 좋은 사람들 가운데에 있는 것이 좋은 것이다. 한 길에서 풀리게 되면 다른 길에서도 풀리게 된다. 되도록 사람 조심, 차 조심, 길 조심해야 한다. 내 울타리의 아이 적으로 돌아가고 싶은 마음이 든다. 그래서 다시 시작된다면 훨씬 다른 사람이 되겠다.

사실 많이 흥분이 되었다. 기억이 나오기까지는 기억이 정리되고 마음이 정돈되기까지는 시간이 걸릴 수도 있고 시간이 빨라질 수도 있다. 그것에의 상처는 너무나 커서 사람으로부터는 다루기가 어려울 정도이다. 시간이 많이 필요할 것 같다. 멈춘다 싶으면 맴돌고, 맴돌고 내 안에서 그렇기 때문이다. 상처를 건드리면 너무 되살아난다. 상처는 스스로 아물 때까지 기다려 주는 것이 오히려 낫지 않을까?

상처를 쑤셔 덧나면 더 아프기만 할 뿐이다. 지금까지 딱 한 달을 제대로 살았다면 기억의 순간인 그때였더라는 것이다. 어려서는 신체 힘이 있는 아이가 더 갖게 되고 상식적으로 신체 힘이 있어야 유리하다. 나의 고통은 너무 커서 사람으로서는 그 고통을 대신하기가 어렵고 치료하기가 어렵고 튼튼하게 건강하게 강하게 태어나지 못한 것이 아쉽다. 어느 것이 얼만큼 맞고 얼만큼 아닐까? 좋은 것도 있겠지만 좋은 것이 별로 기억이 흐리다.

큰 고통만 진하게 남을 뿐이다. 약에 취해 잠을 잔 것이었고 약에 습관화되어 몸이 그러하였고 최소한의 필요한 약은 먹을 만도 하다. 어린 시절부터 시작되는데 난 어린 시절이 미움도 사랑도 용서도 아무것도 없는 것 같다. 어려서는 청소년기에는 몸이 굳어서 힘들었고 사회 초년기에는 **C.F.G**의 말의 공습에 의해 잠을 못 자고 괴로워서 약을 먹고 지냈다. 잠든 편한 잠을 자본 적이 최근 이전부터 얼마 안 된 참으로 짧다.

사람과 소통이 어려울 때 잠시 흥분하였다가 진정이 되었다. 누구에게 말을 해서 풀까 하면 또다시 나 자신이 풀어나가야지 했다. 그러면서도 맴돌고 맴돌고 빙빙 돈다. 내 안에서 몇 바퀴씩이나 흥분이 맴돌다 그러고 만다. 병원의 어떤 선생님을 대할 때 기억이 난다. 기억이 난다는 자체는 좋을 수도 있고 괴로울 수도 있다. 그 이전들의 기억이 아직 가시지 않은 채로 남아있을 수가 있다. 그런데 상대방과 의견이 상충될 때 기분이 안 좋은 기억들이 머릿속에서 나오기 시작한다.

흥분될 때는 다른 말이 솟구쳤다가 잠시 일하면서 가라앉았다. 직업은 사람들이 먹고사는 방법이 다르니까 말할 수가 없고 탓할 수가 없지만 성향이 다른 이에게 자신과 연결고리가 되어서 치욕과 수치와 번뇌와 괴로움과 우울과 절망과 함께 뒤섞이어 울분이 솟구칠 때는 다르다. 나 자신과 연결지어서 나 자신이 치이는 꼴을 만날 때는 용서가 되지 않는다.

기분이 역겹고 어지럽고 어떻게 할 수가 없고 정말로 태어난 자체가 싫어질 정도만큼 사람들과의 고리가 싫어진다. 나의 경우 요란하고 사납고 정신 혼란스럽고 판단 떨어지고 하는 이들은 대하기가 어렵다. 정해진 물대로 사는 것처럼 사람은 자신의 분수가 있는 법이다. 혼란 속에 조화는 없는 것이다. 내 마음을 내가 다독여보고자 마음을 가져본다. 아쉬워도 만족하고 살자. 사람을 기다리지 않아도 된다. 어린 시절의 아이처럼 생각하면 된다.

자신만큼만 살자. 약한 점이라면 강하게 탄탄하게 하지 못하게 태어난 것인데 이런 것을 탓하면 무엇이 달라질까? 자신만큼만 살고 나 관리를 나에 맞추어서 하면 된다. 나 자신 많이 힘들었던 모양이다. 쉽게 상처받고 쉽게 우울해 하고 쉽게 화내고 쉽게 미워지고 쉽게 흥분되고 하였다. 높이가 있 듯이 깊이도 있고 얕음도 있다. 자신만큼만 생각하자. 사람한테 받은 많은 상처들 습격들은 그 어떤 사람한테도 풀어진다는 것은 어려웠다.

홀로 서 있는 나무처럼 키가 커서 고독히 서 있는 나무처럼 그처럼 생각 하면 된다. 비웠을 때 채워지는 법이다. 시름을 생각하고 싶지 않아도 생각 되는 기억이다. 넓은 마음을 지니고 주위를 보지 못한 좁은 안목 탓으로 돌 리고 싶어도 분함이 쏟아진다. 인생의 일은 말하되 이제는 내 마음에 갇히 어 지낸 것 답답한 느낌이 들어서 나의 영역에 누군가가 들어와서 방해하는 것도 싫다. 나의 영역을 지켜내는 방법은 내 마음에 갇히기 싫어서 말한다.

말하지 않으면 소통하지 않으면 갇히게 된다. 내 마음이 그러한 것이다. 잠들어 깨어나지 못한 나의 잘못일까? 누가 깨워 흔들어주지 않는 한 일어 나지 않을까? 잠들게 하지 않으면 된다. 불안하지 않아도 된다. 빛이 있고 밝 음이 있기 때문이다. 그런데 다른 방향으로 좋아지려고 노력해보려고 엉뚱 한 쪽으로 기대한 것이 잘못된 생각이었나 보다.

그래서 더 나아지기 위한 것이 잘못 보여졌나 보다. 나아지려고 기대한 것 이 아니 처음 생각이 잘못되었다. 아무도 모른다. 나의 아픔이 얼마만큼 큰 지를 아무도 모른다. 이제 아무것도 닿지 않은 것처럼 좋아질 때를 기다린 것처럼 처음으로 돌아간 것처럼 생각을 가져야 한다. 건네는 것은 함부로 하 면 안 된다. 아이가 걸음마를 걷듯이 한 걸음씩 한 걸음씩 안면이 있는 사람부터 조심해서 다가가야지 무턱대고 헤매듯이 사람한테 닿으면 안 된다.

아이로 돌아가듯이 내 어릴 적 아이로 돌아가듯이 느끼면 된다. 어떤 것도 생각하지 말아야 한다. 잘하려고 하는 것은 오히려 더 상처받는다. 왜냐하면 인간은 사람은 누구나 완전하지가 않기 때문이다. 내가 나의 스승이 되고 나의 구원자가 되고 나의 힘을 실어 줄 내가 되어야 한다. 기대가 오히려 손상을 가져온다.

기대가 오히려 상처를 가져온다. 그 어떤 선생님을 보면 기억이 난다. 기억이 아플 때 마음이 아프고 딸아이가 아플 때 마음이 아프고 기억은 역으로 방향을 회전하여 아픈 칼날은 백배만큼 이상의 살아있는 돌 같은 것 같다. 나 자신이 심했다가 가라앉다가 진정됐다가 다시 떠오르다가 반복된다. 깨어나 보니 마음은 뒤죽박죽 모두 뒤섞이어서 온데간데없어진 것과 찾은 것은 무엇일까? 나 자신이다. 나 자신이 있다는 것이다. 시작이 참으로 길었다.

아프면 손해고 아프면 구해줄 이는 나뿐이고 내가 나를 간호하고 나를 위하고 나를 보호하고 나를 챙기고 나만이 할 수 있는 거구나 새삼 느끼게 된다. 나를 찾지 못한 긴 시간 긴 시간 그만큼 끝머리까지 왔다. 아프지 않아야지 괴로워하지 않아야지 눈물 흘리지 않아야지 하면 평범 가운데에 있는 것이 가장 좋다. 서두르지 않아야지 누가 쫓는다고 하지 않아야지 민감하게 하지 않아야지 하면 적당한 반응은 울린다. 감정을 숨지 않아야지 하면 제자리 찾는다.

같은 시야라도 바라보는 것은 다르다. 멀리 봐야 잘 보인다. 닿으면 가까이하면 아플 것 같은 것 접하고 싶지 않다. 기본만 잘하면 된다. 기본 소통만 잘하면 별문제 없는 것 같다. 사람 가운데에서 느낀다. 대중 속의 나로 노력하여 시작하면 된다. 하는 데까지 한다. 주제 있는 사람 주제 없는 사람을 잘 구별하여 접하면 된다. 나인 채로 산다. 사는 것은 호흡이다. 잘 호흡하는 것이다. 안 맞는 식욕에 취하고 안 맞는 약에 취하고 취할 아닌 잠에 취하고 제대로 정신 두고 사는 시간 세월은 얼마나 될까?

사람이 사람을 치료한다는 것은 제한된 것만이 가능한 것이다. 아플 때 홀로 있지 말고 밖으로 나가는 것이 좋은 것 같다. 남의 아픔을 생각해주는 사람은 특별하다. 무언가 다르다. 강하다고 좋은 것은 아니다. 세다고 좋은 것도 아니다. 부드러운 것이 좋은 것이다. 언젠가 큰 미소 지을 날이 있어서 슬픈 날의 일들은 생각하지 않을 정도가 되면 좋겠다. 어울림은 유사하여야 한다. 다름은 어울리지 않다. 마음의 혼란을 잠재우는 것은 그 어떤 것도 없는 것 같다. 고요가 잠재운다.

시작은 '클 수도 있고 작을 수도 있고'에서 비롯된다. 아주 아주 생각할 수 없을 정도로 클 수도 있다. 바람으로 먼지는 사라진다. 내 손안의 먼지는 바람으로 밀려 나간다. 큰 둘레 속에서 바라본다면 작은 둘레는 아주 작을 수가 있다. 시간이 너무나 아깝다고 여기고 살았지만 정말 시간을 잘 사용하지 못한 것 같다. 외로움도 모르고 살았지만 정말 외롭게 살아온 것 같다. 슬픔도 모르고 살았지만 정말 많이 슬프게 살아온 것 같다. 표현 못 하고 내면에 갇혀서 나를 내가 많이 힘들게 했다.

맞설 때 맞서지 못하고 뒤로 간다면 나중에는 잊게 된다. 맞서지 못할 거라면 한 발짝 뒤로 물러섰다가 나가는 것이다. 제때 못하면 나중은 잊는 법이다. 독립된 인격체로서 홀로 살아가야 하는 법이다. 사이에 끼인 삶은 별로인 법이다. 자신이 제때 하지 못하고 남이 하면 나보다 남은 더 못하는 법이다. 소통은 정말 필요하지만 이로움이어야 한다. 잠깐 사이 돌아왔다. 땅의 생각은 무겁다. 건강한 사람이 더 잘 볼 수가 있다. 객관적인 사람이 더 잘 생각할 수가 있다.

외로움을 느낄 때는 거짓과 상대할 때이다. 이로운 거짓도 있다. 이로운 부정도 있다. 애매한 상황도 있다. 이 상황을 바라봐야 할 때는 외로움이 있기도 하다. 그 괴물의 성향은 이렇다. 들먹거리고 싶지 않았는데 들먹거려질 때 기억되는 것이다. 정말로 잘 이동할 수 있을 때 이동하지 못하고 정말 가서는 안 되는 곳일 때 가서 상처를 받는다는 것이다. 정말 해서는 안 되는 상황에 안 맞는 말을 하여서는 안 되는데 말이 잘못 나와서 사람을 잘못 찾아가서 상처를 받는다는 것이다.

즉 말하자면 백번을 옆으로 가로막으면 나아가고 싶어도 피해야 하는데도 불구하고 나 자신도 그처럼 백번을 찾아가 잘못된다는 것이다. 몸도 마음도 육신도 지치고 아프고 하는데 그 몸을 갈기갈기 찢기어서 쓰러질 때까지 보고하는 것 그 괴물의 성향이다. 흥분이 될 때 생각은 다르다. 더 나을 수도 있고 더 못 할 수도 있는 것이다. 하지만 마음과 감정은 진실할 수가 있는 것이다. 그렇지만 멈출 수가 필요할 수가 있다.

아이를 아이만큼 봐주고 하는 데는 바로 같은 성향이다. 안전한 것은 같은 동류인 성향이다. 말이 아니면 행동이 아니면 몸으로 느껴질 수가 있는 것이다. 아이는 말 없는 교사이다. 엄마를 교사로 하게 한다. 짧은 시간 동안

이만큼의 무게가 내 마음에 있었던 것이다. 어떤 시점에 하지 않으면 어떤 양상이 만들어질지도 모른다는 생각에서이다.

내 아이 때문에 열심히 하려고 무엇인가 더 노력해보려고 했는지도 모른다. 그러는 아이한테 나는 상처를 많이 주었다. 이제 그 상처를 나는 물론이고, 아이는 물론이고, 둘이 서로 안아주고 보듬어주고 감싸주고 하여서 상처를 더 나가지 않게 해야 하지 않을까 생각도 해본다. 쉽지 않겠지만 진실한 생각은 더 나은 생각을 하게 되는 것이다.

그 낯선 성향과 다른 성향이 말과 행동과 모양으로 나를 아프게 괴롭게 하고 벼랑으로 몰고 가는 기억이 괴로웠다. 기억되는 순간부터 내 것이 들추어지는 것도 내 것이 들먹거려지는 것도 싫어졌다. 그런 것들이 나로서는 정말 힘든 것이었다. 평소에도 다리가 후들거린다.

거기다가 더 놀라고 충격받고 하면 다리가 옴짝달싹 못 할 정도로 다리가 힘이 빠지면서 뻣뻣해진다. 몸이 힘이 있으면 이런 것을 겪지 않게 된다. 몸에 힘이 없으니 이런 무거움을 겪게 된다. 사고의 차이다. 사람의 차이다. 성향의 차이다. 내 기억 속에 많이 잠재되어 있는지도 모른다. 이런 생각이 무겁게 들 정도로 나의 마음을 찢었다.

누구나 그 무게만큼 몫을 떠안는다. 사실 그 당시 L은 나에게 일언반구의 말도 없이 난 L과 함께 있던 그 주위를 따라나섰다가 갑자기 입원하게 된 것이다. 그리고 L과 함께 사는 동안 아픈 상처 기억도 생각 못 하고 있었다. 내가 입원한 사실을 까마득히 잊고서 L과 함께한 세월들이 너무 싫어졌다.

제 위치로 돌려졌으면 싶은 마음이다. 엄마랑 함께했던 시간들이 아무 의미가 없다. 엄마처럼 사고를 제대로 못 한 사람과 자신의 몸을 관리하지 못한 사람과 함께 살면 안 된다는 사실을 뼈저리게 느꼈다. 반면 그 다른 성향이 엄마를 그 낯설고 욕된 장소에 발 딛도록 한 것은 정말이지 끔찍하다. 토가 나올 정도로 역하다. 지금까지 인생에서 제일 나쁜 성향의 장면을 보인 것 같다. 그들의 다른 성향의 세계는 다시는 보여서는 안 될 것이라 생각한다.

고난 속에서 말이 피어나고 행복 속에서는 말이 닫힌다. 동물 식물의 야성을 보이는 것은 인간을 한 번 더 생각해보라는 것이다. 약한 이도 강하게 되는 것이다. 고난 속에 지혜는 피어나는 법이다. 아이는 말은 없어도 느끼고 알게 된다. 부모도 부모의 일부라도 잘 맞지 않으면 형제도 잘 맞지 않으면 그 넘어도 잘 맞지 않으면 정말 잘 맞지 않으면 외롭다.

적당한 일은 적당히 잘 맞게 하면 보배같이 이롭다. 홀로가 좋을 때는 같이해서 해로울 때보다 낫다. 흙밭에서 피어나는 꽃은 환경이 맞아야 꽃은 피어난다. 사람도 인간과의 관계에서 성장이 되고 안 되듯이 난 그랬을까? 누군가와 말을 하고 나서 경기가 날 때 두렵다. 이기지 못하는 대화의 말할 때와 대답을 못 할 때이다. 다른 사람과 경우가 다름을 느낄 때이다.

안 되어도 좋으니 나의 스타일대로 사는 것이다. 마음 편하게 억지로 따라가는 것은 안되는 것이다. 나의 편리대로 살아가는 것이다. 강건하게 태어나지 못한 것도 나의 몫이다. 몫대로 살아가는 것이다. 굳건한 마음으로 살아가면 되는 것이다. 힘들 때 쉬었다 가야지 곧장 가면 숨이 가빠진다. 이러면 마음 가라앉는 것이다. 사람이 우선이다. 사람이 우선이 되어야 한다.

어느 순간 잠이 들 때 심리적 마음이 무거움을 느낄 때가 있다. 두려움이 구름 같고 꿈만 같다. 그리고 사람들과의 나아감에 있어서 생각은 언제나 들썩인다. 어떨 때는 다른 생각이 들썩이기도 한다. 나와의 약속이 흔들릴 때 영혼도 흔들리고 쉼도 흔들린다. 나와의 마음이 흔들리지 않을 때는 굳건하게 나아갈 수 있다. 누군가 파도에 돌을 던지듯이 아니하면 내 마음을 쉬어주게 될 수 있다. 영혼도 마음도 기운도 쉬게 해주고 싶다. 생각이 들썩거려지지 않았으면 싶다. 손이 고달프지 않았으면 싶다. 어느 때 손과 발이 제자리를 잡듯이 안정되었으면 싶다. 마음을 놓고 쉴 수 있었으면 싶다.

사람 사는 세상이 어울리지 않지만 배워보도록 애쓴다. 내 마음이 세상과 화합이 되기 위해 세상을 보게 된다. 질 좋은 삶이 되지 않으면 남은 삶을 변화시킬 수 없다. 늦어질수록 먹는 질도 늦어지게 된다. 깨어났다면 전진해야 한다. 내 몸을 돌보고 다치지 않아야 한다. 이 마음을 갖는 시간에 힘써야 한다. 난 약을 먹으면서 지탱해나가는 힘이 이 원고를 쓰는 길로 주어졌다. 존재하는 몫은 각자에게 뜻이 있으며 그 안에서 행하여야 합니다.

난 어려서 사람과 환경과 억압의 스트레스인지 머리에 딱지가 줄곧 있어서 메마르게 있었던 기억이 있다. 새해 설날 아침 떡국과 김치만 먹었다. 그래서 그런지 화장실만 열댓 번을 드나들었다. 배가 적응이 안 되기 때문이다. 인간이 땅에 떨어질 때는 그 이유가 있듯이 살아가는 것에 스스로 몫을 짊어지고 살아야 하며, 스스로 삶도 사람 관계도 세상의 보이는 것들에 책임 의식을 갖고서 자신을 지키며 살아가야 할 의무가 있다고 여겨진다.

아버지와 대화 없어서 아버지를 잃었다. 혈육과 대화 없어서 혈육과 멀어졌다. 엄마의 사고에 가만있어서 잘못된 생각으로 빠져들어 갔다. 가족의 그대로 보아 넘어감에 그들은 다른 사고로 바뀌었다. 주위의 귀찮음에 가만있어서 그들은 괴물로 변질되었다. 예를 들어, 백 원의 노력에는 백 원의 보답이 와야 수고로움에 감사함을 느끼고 백 원의 노력에 합당치 않는 보답이 오면 괴물의 밥에 공들인 거나 다름없다.

내 사랑은 내가 안아야 하고 내 벗은 내가 관심의 말을 건네 주어야 하고 나의 울타리 안에 돌을 던지는 자는 그 곁을 떠나는 것이 안전한 것이다. 어린아이가 어른이나 그 밖의 사람으로부터 부당한 대우나 행동을 받았을 때는 '가버려요.'라고 하는 말이 가장 옳은 말일 수 있다. 여기에 존대를 한다면 그것은 어른의 부당함을 키워주는 범죄를 크게 늘리는 것밖에 안 된다. 진정으로 회개가 있다면 그 느낌을 느낄 수 있다. 세상은 기본 살아감이다.

사람에게 두 눈이 있는 것은 한눈으로는 나쁜 것을 취하고 다른 한눈으로는 위장함을 버리기 위한 것이다. 살기 좋은 세상 유지는 제 몫일 때이다. 욕심이 눈을 뜨면 그 순간 변질해버린다. 남의 공기로 그 주위들은 취하여 살고 즐기고들 하였다. 정작 내가 먹기 싫어도 직접이든 간접이라도 나란 아이한테 억지로 집어 삼키게 하는 꼴은 짐승 같은 인간으로 보인다. 나쁜 꾀를 가하는 이들 같다. 숨 막히도록 했다. 모르는 사람 사귐이 얼마 안 된 사람한테 미련 두는 것은 안 된다. 한 시간도 얘기 안 해본 사람과 어떤 사람인지 모르는 주위이다.

누군지도 모르고 대화도 안 해보고 그러면서도 잘 아는 척 다가오고 이런 주위는 진짜 영혼이 의심스럽다. 공기를 닿으면 취하여 들어온다. 어떤 공기인지 알고 닿아야 한다. 그런데 장님 되게 하듯이 해놓고 공기들을 취하여 살고 있으니 그 죄가 하늘을 찌를 듯이 하도다. 주위는 잘못되게 공기를 취해서 주제넘은 이들이 어울리지 않게 오염되게 하는 주위다.

발길 안 닿는데 닿으면 죄를 쌓게 된다. 난 음식 만드는 일이 별로 취미 없고 잘 않고 또한 재미를 못 느낀다. 있으면 먹고 없으면 넘어가고 보통 그러는 편이다. 그래서 맛도 별로 좋은지 못 느끼고 먹는 것에도 그렇게 서두르지 않는다. 어떨 때는 만들기도 하지만 별로 맛있는지 모르겠고 간단하게 먹는 것이 습관이 돼 있다. N은 진짜 애매하게 꼬인 복잡한 속에서 고생한 아이다.

제일 어려운 사람이 정신과로 아픈 사람이다. 나 같은 예외적인 경우가 제일 힘든 사람이고 가장 어려운 사람이다. 사고의 힘겨움 때문이다. 대체로 뭇여자는 이유 없이는 하나라도 건네주지 않으려 하고 자기 것 챙기려 하고 하는 게 여자이다. 난 이런 것과는 거리가 좀 있다. 그래서 내 것을 못 만드나 보다. 땅에 올 때는 그 몫을 안고 왔으니까 그 몫을 행할 때는 책임을 져야 한다. 어떤 사람은 잘못된 마음으로 되어 있는 도둑일 수 있다.

나와 다르다고 해서 내가 아파서 아이를 많이 힘들게 했다. 영원히 함께 가는 사람은 없을 것 같다. 정도에 안 맞게 엉뚱한 데서 이롭지 않은 시간으로 세상을 보냈다. 생명이 급박한 순간일 때는 각자의 줄을 잘 가야 신속이 된다. 내가 지금 생각하면 주위는 동물 탈을 쓴 인간 같다. 나와 자신을 해 되게 한 사람들을 형제라고 생각하고 날 지키기 위해서 그랬을까? 나를 여기저기 데리고 다니는 꼭두각시일까? 희생양일까? 들어온 사람도 내 공기

내 손 타고 사는 주위이다. 나란 어린아이를 취하여서 가식과 위장으로 갖추고 사는 주제 벗어난 이들 같다는 생각이 들 정도다. 덜된 인간은 나쁜 도구로 변할 수 있다. 여러 주위가 나란 아이를 상대로 둘러싸여 경쟁하듯이 해악을 취하고 있으니 들어온 남자 여자도 덜된 인간 같다.

엄마 자체가 해악을 일으켰나 보다. 그 주위들은 좋아라 하고 아이를 탐할 생각으로 살고들 했으니 끝이 남아나지 않을 수밖에. 겉보기 헛치장하기 좋아하는 주위 같다. 서슴없이 해악도 저지르기 좋아하는 공도 없이 얻기를 좋아하는 주위 같다. 결혼이 왜 있을까? 노력도 공도 없이 얻으려고 하여 살기를 바라는 덫과 같은 주위 같다. 자연에 의해서만 질서로 돌아가는 것이다.

두려운 줄 모르는 사람들만 모여들어 사는 주위 같다. 이런 곳에 그늘이 있어서는 안 된다. 그늘은 그러한 곳에 있으라고 있는 게 아니니까. 그래서 결혼이란 말이 멀게 느껴지나 보다. 그게 죄를 덜 짓는 것이니까? 이런 상황에 있으면서 이런 힘겨운 글이나 쓰는 나의 운명의 몫은 도대체 무엇일까? 글이 없다면 어땠을까? 글보다 내 존재가 없다면 좋았지 않았을까란 생각도 들게 된다.

나와 다른 성향들은 나를 공격할 때도 둘레를 치더니 자신들 이롭기 위해서도 둘레를 친다는 느낌이 든다. 이것을 볼 때 나름 그들의 소양이 부족하고 어리석게 비친다. 어리석은 투사도 변질된다. 글로 해두는 것은 내 몸이 빗나간 길을 딛지 않기 위한 것이다. 깨끗한 것은 인간의 부모를 두지 않는다. 형태가 주어질 뿐이다. 자연의 품을 두고 사는 것처럼 느껴진다. 그리고 인간의 면모를 발견한다. 자신이 잘못했어도 남에 의해서 사는 사람이 있고 자신이 선택한 잘못에 의해서 그 잘못된 사람에 의해서 생명을 잃을 수도 있다.

이것은 자신의 판단 문제인 반면 자신의 운이라 할 수 있다고 본다. 사람들 살기 위한 방법이 다양한 것 같다. 잘못과 죄를 숨기기 위해서라면 아픔은 각각 대로 선물인가 보다. 육십 해가 일 분기까지 갔다면 죄인 말을 들을 수 있고 간접적으로 죄인으로 찍힐지라도 간과되지 않는다고 볼 수 있다. 얼마나 어지러웠는지 모른다. 너무 죄악이 큰 사람들 같다.

'배움이 무슨 소용 있나?'라는 생각이 든다. 하찮은 생각을 가진 이들로 인해 세상 발 딛기가 조심스럽다. 여자를 겪어보면 피해야 할지 말지를 알 수 있다. 갈림길이 서게 한다. 피해야 할 여자를 피하지 못하면 그 옆 남자도 피해야 할 것 피하지 못하게 되고 사냥꾼한테 물리는 격이 될 수가 있는 것이다. 피해야 할 여자는 피해야 하고 피해야 할 남자도 피해야 하는 것이다.

자신의 본분을 잊지 않고 행하는 사람이 가장 아름다운 사람이다. 먹거리를 두고 싸움을 보이고 쟁취하려는 어리석은 인간 같다. 인생은 이런 것이다, 이런 맛이다, 알게 하는 것 같다. 너무 깨끗하면 너무 더러움을 만난다. 적당하다고 괜찮을 때는 적당하게 해야 한다. 자신의 둘레만 볼 수 있게 주어진 것이 죄이다. 이 죄를 잘 알면 죄는 벗어난다. 어떤 사람의 생각 지점이라는 게 있다. 그 안에서 통하는 거다. 남자 기세도 뭇 기세에 흔들리고 끌려가게 되어 있다.

그래서 삶이 연속되는 거다. 살기 좋은 세상 유지는 제 몫일 때이다. 욕심이 눈을 뜨면 그 순간 변질되어 버린다. 난 항상 하고 싶은 말을 못 해서 속이 부글부글 끓었다. 말을 하고자 했을 때도 나누고 나도 속이 더욱 부글부글 끓었다. 나중에야 사고가 막힌 이들과 상대해서 유대관계가 끊어져서 속이 불편하다는 것을 늦게야 알았다. 난 이 불편한 속을 일 분기 육십 해 동안 이어져 왔다. 주위가 공포에 둘러싸여 두려운 줄 모르고 항상 두려웠다. 지금은 가까이할 이유가 없다. 오히려 안 맞는 것임을 알았기에 시원하다.

서울 열악한 지역에서 잘못되게 없어진 것들이 많다. 그리고 잘 모르고 아픔의 공포에 휩싸여 챙기지 못한 것도 많다. 책, 옷, 그당시 메르스 때의 메모 등이다. 그리고 가족과도 헤어지고 부모도 잃었다. 아픔도 더하고 병원도 더하고 깊은 고통도 더하고 고통의 지역이었다. 세상의 길을 넓히고 좁히게 하는 것은 사람이다. 인간은 눈에 보이게 아프고 깨져야만 알아먹는다. 보이지 않는 아픔도 있는 것이다. 아파서 내가 미치지 못한 한계에서 금전도 적지 않게 소비했다.

생각은 제대로인 관계에서 제대로인 생각이 일어난다. 땅에 떨어진 순간 강인해져야 산다. 인생이 공평하고 희망적인 것은 그 지점에 들어서기까지 되면 제자리로 바뀌기 때문이다. 그래서 세상은 살도록 되어 있다. 세상은 모든 사람을 만나는 것이 아니고 모든 길을 가는 것이 아니다.

예외적으로 상자에 갇혀서 나왔을 때는 모든 데를 다 가고 싶어진다. 여기서 부작용을 느낀다. '모든 길을 가는 것이 아니고 모든 사람을 만나는 것이 아니구나.' 하며 깨달음의 제자리로 돌아온다. 완성이란 없다. 그때그때 순간순간이 완성의 시간이다. 완성의 정해진 날을 두고 기다리다 다른 것 놓치고 못 한다면 그건 완성이 아닌 한가한 시간을 보낸 것에 불과하다. 사람들이 사회에 나오는 것은 나라의 일에 동참하기 위해서 제 몫을 하기 위해서이다.

자기 것은 자기가 해야 자기 것이 된다. 한 사람 살리기 위해서 한사람 살려야 모두가 살기에 특정의 사람이 나선다면 좋은 길로 나아가라고 하는 생각이 드는 잠깐의 하루였다. 고통의 바다에서 평온의 바다로 바뀌었다. 제 몫을 어떠하게 잘 돌리느냐에 따라 마음의 평온함이 좌우된다. 참아내자. 조금만 인내하자. 그 지점에 들어서면 염탐꾼도 사냥꾼도 위장꾼도 들개들도 탈바꿈된다. 참아낸 보람이 있다라고 생각될 것이다.

이런 마음으로 무언가 참아내고 일구고자 한다면 다른 어려움을 극복해내어 일말의 결실을 얻을 수 있겠다는 인간의 의지를 보여줌을 의미할 수 있다. 그래서 참아내고 열심히 하면 이룬다. 이룰 수 있음을 갖게 한다 함이다. 인간과의 싸움이다. 정당하게 싸워야 획득할 수 있다.

인간에게 부여된 힘인 것이다. 이기었을 때 다시 한번 살아볼 수 있다는 의지를 보여주는 자신을 나타낼 수 있다. 후회하고 돌아서는 일 갖지 않겠다는 정의를 갖게 됨일 수 있는 것이다. 이런 감정은 내가 서기 위한 시작을 나타낼 수 있는 것이고 세상을 향해 맞서 나아가기를 위한 것일 수가 있는 것이다. 내가 너무 약해서 잘 이겨내 보라고 하기 위한 것일 수 있다.

부모도 가족도 인척도 가증스럽다는 생각이 든다. 말 없는 아이인데 말을 잃은 것도 모르고 끼고 있으려고 한 것이 선악과를 훔쳐서 사는 죄 많은 죄를 쌓는 인간들 같다. 덜된 인간성은 안면 몰수하고 안면박대하며, 그리고 그 옆 주위는 제 역할을 극히 넘어선 것 같다는 생각이 든다. 그리고 그들과 닮은 주위들 편에 기대어 도운 것처럼 이름만 가족일 뿐 가증스럽다는 생각이 든다. 가증과 가식과 거짓을 안고 있는 것이 당연한 것으로 갖고 있는 그들이 한무리처럼 정말 인간 벗어났다는 생각이 든다.

주제넘은 이도 엮이게 되게 하고 내 손을 정도에 넘어 거치게 해서 만나 이루어지고 살고 하는 주위이다. 그런데 예상외로 아픔이며 진한 상처더라. 내가 어떤 말도 없는데 나를 옆에 두고 남의 명품 가져다 벽에 걸어 두듯이 내 양상이 꼭 그런 작용인 것 같고 난 영혼도 잃고 내 기력도 잃고 무슨 생각도 잃고 그저 가는 대로 이끄는 대로 끼어 있었다. 안 좋은 상황에 놓이기 쉽게 그 옆에서 있었던 게 어리석은 것 같다. 그 종교에 집착된 여자가 나란 아이를 가로막고 있는 줄 모르고 해 됨을 일으키는 줄 모르고 L도 알고 있는 건지 아니면 가담이라도 한 것처럼 거들고 있지나 않았을까 생각이 들게 된다.

다들 이상했다. 사람들이 두려움을 잊고서 행하게 한 사람들 같다. 이 집에 승복은 무엇이었을까? 어린아이가 점 보기를 좋아하는 줄로 아는 듯이 멋대로들 생각하고 애꿎은 일을 만들고 헛욕심을 취하기 위해서 그리 숨 막히도록 들락거렸을까? 사고가 그릇되게 욕심으로 가득 찬 사람들 수두룩하다. 하늘 끝까지 땅끝까지 따라와서 가로막으려는 사람들 같다. 겉보기는 감추어 살지만 내심은 기만으로 가득 차 있다. 이런 데 닿으면 빠져나오기 힘든 덫에 끼이어 자신이 마비된 것도 모른다.

사실 그렇게 느껴진다. 난 어린 시절의 날이 주어짐도 없는 것 같다. 가슴이 무너질 만큼 이루 말할 수가 없다. 말이 없어 교활한 이와 함께한 이는 어둠에 빠질 수 있고 달변가는 위기로 빠뜨리게 할 수 있고 역마살은 해로움의 길로 인도될 수 있고 욕심꾸러기는 해악에 빠질 수 있다. 이런 사람들은 한쪽 눈이 있어도 한쪽 눈을 잃고 사는 거와 같은 것이다. 죄를 보지 못하기 때문이다. 죄를 안고도 씻어내지 못하기 때문이다. 본분을 잊고 사는 사람들 같다.

자기 앞에 할 일을 두고 남의 괜한 일에 서두르는 사람이다. 종교는 이들에게 죄를 감싸주는 안식처이다. 성향이 다른 주위들 근처에서 해로운 줄 모르고 살았다. 성향이 끼리끼리 만나 사는 주위인 것 같다. 잘못한 만큼 죄를 받고 벌을 받아야 사회는 세상은 돌아간다. 글은 사탄에 의해 훔치어 비롯된 것이다. 그래서 사람들은 어지럽게 나쁜 짓도 하고 자신들 입맛에 맞게 조합하여 살아가는 세상이다. 그런데 이런 세상이 그 어떤 평화의 아이로 인하여 제자리로 질서가 들어서게 된다.

선과 악이 닿으면 선은 수축되고 불순물에 전염되듯 하며 반면 악은 커지며 선이 닳을 때까지 더 잘 보고 취한다. 그래서 닿을 수 없는 경계선에 있는 것이다. 악은 전염성이 강하다. 선이 악과 닿으면 정신병에 걸리며 영혼이 마비된다. 또한, 반면 악은 전염병이 지닌 자체에 선을 취하여 악을 감추며 살아가게 된다. 이 곁을 떠나든지 선이 사라지든지 함으로써 악은 퇴치되고 멸하여진다. 인간이 이 정도까지 가서 느낀다면 어리석은 것이다.

그래서 제 위치를 벗어나 이로운 것처럼 행하는 사람은 위험하며 조심하여야 한다. 아직도 걸어야 할 것이 있기 때문인지 모른다. 제 위치를 벗어난 주위 같고 배움이 무슨 소용 있으랴. 다시 한 번 느끼게 해준다. 무에서 유를 창조하듯이 살아가도록 하는 것인 줄 모르겠다. 인간을 알라고 땅을 알라고 느끼게 해준 것 같다. 배움은 한계치라는 것이 있다. 그러므로 그 넘어서는 발을 디디면 아니 된다. 어려움도 주었다. 외로움도 주었다.

인간을 다시 생각해보게 하는 것이다. 무에서 유를 창조하듯이 약한 힘도 주어졌다. 인생의 참 승리의 길을 얻기 위해 고독이 주어졌다. 슬픔도 잊게 했다. 사랑도 잊게 했다. 그 많은 세월 동안 얼마나 힘들었겠나? 인생의 빛은 이런 것이다. 죄와 악을 분별하는 마음인 것이다. 위선의 말보다 자신의 자리를 잘 아는 것이 우선이라고 생각된다. 이런 어두운 사고를 지닌 사람들이 있다는 것에 소스라치게 놀라웠다. 나름 다른 성향의 사람 만남은 피하고 싶어진다. 글을 써나가는 중 나를 괴롭힌 C.F.G가 떠올라 뜨거운 열이 나면서 더 이상 쓸 수 없어서 더한 말도 많음에도 불구하고 많이 생략했다.

그 C.F.G 보는 것조차 충격인데 어느 날 뜻밖에 C가 다가와 구매를 틈타서 다짜고짜 앞뒤 없이 느닷없는 말을 던지며 가는 행동이 참으로 낯선 여자와 흡사하다는 생각이 들 정도로 섬뜩하다. 태연자약하게 나타나 맞는 것처럼 떠넘기는 듯한 느낌의 말을 하고 가는 여운이 기분이 언짢다. 그들 행동이 참으로 제자리에 있는 사람인지 의심스러울 정도이다. 그들이 처음부터 가만히 있었다면 보통으로 보일 것을 그들 위선과 가증함에 치가 떨린다. 꼭 나의 순심을 가로막는 것으로밖에 보이지 않는다.

그 **C.F.G**로부터 느낀 말들은 인격모독 같은 언어, 욕설 같은 언어, 자살 일으키는 언어, 사람 멀어지게 하는 언어, 속임수 섞인 헛발 딛게 한 언어, 벼랑으로 몰고 가는 언어, 진실과 거짓이 섞여 인간 같은 사람으로 생각할 수 없는 언어, 있는 자리가 아닌 사람들 같은 언어, 배움장인가 의심스러움이 드는 말들, 뒤돌아서고 뒤돌아보는 앞뒤가 안 맞는 행동들 같은 이런 말이 떠올라서 이런 게 그들이 말하는 사랑이라면 난 이런 사랑 같은 것 하지 않는다.

난 이러한 학교란 데서 진흙을 밟았고 진흙 같은 사람, 일탈 같은 사람을 틈새로 보이듯 세상을 보았다. 그리고 살을 에듯이 느꼈다. 솔직하게 길을 들어서지 못하는 사람은 다른 마음을 가진 추악함을 감추며 살아간다. 이런 옆을 벗어나지 못하고 사는 인간은 자신의 눈에 끼인 티눈을 느끼고야 벗어난다.

올바른 사람이라면 느낄 때 벗어나야 새 세상을 볼 수 있다는 것이다. 알면은 늦을 때 느낄지라도 깨어나는 것이 된다. 어떤 이유에서일지라도 교통사고 일으키게 하는 사람하고는 맞댈 수가 없는 것과 같은 것이다. 비유하자면 그들은 눈 뜨고 코 베어 갈 사람들 같다는 생각이 든다. 사람들이 넘치지도 부족하지도 않게 잘 살면 좋겠다는 생각을 해본다. 그런 바람을 가져봅니다.

나름의 다른 성향은 훨씬 감당하기 어려운 만큼 힘든 글을 쓸 일이 생기고 더 많이 다치고 깨지고 더 많이 잃기 때문이다. 진심의 말의 의중은 느낀다. 사람들이 진심으로 바르고 정직하고 제 갈 길을 잘 가는 역할 있는 사람이면 좋겠다는 생각을 해본다. 다른 성향 옆에 있다가 인생이 사라질지도 모를 수 있는데 말이다. 난 서울에 처음 왔을 때 우연히 거리를 지나가다 가족의 친구인 시골 동네 오빠를 보고 스쳐버린 기억이 있다.

그때 참 미안한 마음이 들었다. 그리고 그 당시 사고당함을 잊고 한참 감당하기 힘든 시간을 보내는 중 우연하게도 서울 중심 번화가를 지나친 적이 있다. 어떤 젊은 남자분이 내게 말을 붙였다. 말은 안 나오고 고개만 갸웃거려 스치자 나에게 경례를 하고 정중하게 돌아서는 남자분의 기억은 지금도 절로 미소를 짓게 한다. 그 후 난 시골 병원에 있게 되었다.

시골 병원을 나온 후 내가 힘듦이 연속되었을 때 한 번의 전화를 받은 적이 있다. 바로 그 남자분임을 느끼었다. 그런데 왜 이런저런 말이 안 나왔을까? 그 전후로 계속 아픔만 더하고 주위 사람에 꼬이고 힘든 일만 겪은 시기였다. 그래도 나에게 전화 주신 분이었음을 감사하게 느낀다. 난 느끼면서 알게 되고 살게 되면서 아프면서 느끼게 된다는 사실을 절감했다.

가족이란 길을 터주기도 할 수 있지만 예기치 않은 주위의 꼬임으로 서로의 길을 막기도 하고 그리고 다른 사람 길을 막고 인생을 막는 것일 수가 있구나. 인척도 마찬가지라고 보인다. 내 삶은 이 글을 정돈되기 전까지 가족은 나의 안식처가 아닌 정신을 매어두는 장소였다. 이런 곳에서 내가 살았음을 절실히 느꼈다. 지금은 주위가 정리되어서 한결 조금이나마 가볍다. 가족은 서로 마음이 다르고 생각이 다르다 보면 잘못된 인척과 잘못된 주위로 내몰고 길을 막고서는 이름뿐인 가족으로 남고 슬픔을 남긴다.

그리고 나에게 시간은 거꾸로 맞춰지고 도는 시계처럼 인생인 것 같다는 생각이 든다. 내가 시계를 바로 맞추어두고 살아도 누군가 내 인생의 시계를 거꾸로 맞추어놓듯이 뒤집는 시간 속에서 세월을 보낼 수 있다는 인간의 속성을 느끼게 된다. 시간은 약이란 말이 있듯이 진실된 치료는 그대로 보아 넘어가지 않는다는 귀중한 생각이 듭니다. 힘듦과 시련과 어려움과 고비와 역경 속에서 이만큼이나 나아진 것은 꾸준한 약 관리로 끊지 않고 잊지 않게 해 주신 것 때문이라 생각됩니다. 그래서 지금만큼 이겨냈습니다. 오래된 마음의 병의 치료는 그만큼 시간이 걸리며 한 사람의 손길을 뛰어넘어 여러 손길의 필요로 한 생명을 살린다 생각됩니다.

그리고 그 생명은 잊지 못할 영원한 기억 속에서 살아있는 삶으로 나아갈 수 있다는 신념과 믿음을 환자와 의료인으로부터 느끼게 됩니다. 또한, 생명은 움직이고 있다는 것을 느끼며 기억은 살아있는 생명임을 다시 한번 깨닫게 됩니다.

# 6.

# 굴레를 벗다

진정한 경쟁은 상대가 되었을 때 경쟁이다. 그들은 싸우지 않을 사람도 싸우게 하는 사람들이다. 난투장 같은 느낌이 들었다. 약속이나 했을까? 멋대로들 수군대는 말들은 가관이었다. 그들이 교육인이라 의아할 정도로 함부로 휘둘리는 말들은 꼭 싸움장에서의 무대 같았다. 시간이 훨씬 흘렀는데 처음도 두 번째도 그들을 이롭게 하기 위한 수단이었지 나를 위한 수단은 아니었다. 오히려 공격을 끼얹는 것처럼 느껴진다.

정말 그런 학교에 들어가도록 한 P가 너무나도 모른다는 것이고 발을 잘못 디디었음을 20세에 크게 겪었다. 알고 가게 한 건지 모르고 가게 한 건지 P라는 사람은 P 자신한테 충실하게 살지 못한 것 같다고 생각된다. 이들에 모르고 가세하는 이들도 있다. 그들은 나를 두 번 세 번 몰아붙이려는 사람들이다. 잘 알지 못하면 관여를 말고 한 발 뒤로 물러서서 자신의 갈 길로 돌아가는 것이 더 나은 길이라는 것을 알았으면 싶다.

설상가상 한술 더 떠서 원수지는 마음을 갖지 않는 것이 좋다는 것을 알았으면 싶다. 영문 모르고 이유도 모르고 간 것이 후회되었다. 지치기 일보 직전이었다. 비싼 돈으로 배운 만큼은 못하더라도 마음을 더럽히는 짓은 하지 말았으면 싶다. 상대가 안 되면 발을 걸치지 않았으면 싶다. 이러한 기본의 마음도 없는 사람이 남의 일에 끼어들어 남의 마음을 휘젓고 뇌를 파동시키는 말이나 행동을 일삼겠다는 마음도 접어야 함을 가졌으면 한다. 이제 나는 오랫동안 마음의 사슬에 묶였던 어린 나이로부터 벗어난다.

나를 위하는 마음만큼 남을 생각한다면 우리 사회는 좀 더 넓은 마음을 뿌리내리는 사회가 되지 않을까 생각을 해본다. 기억의 실마리를 풀어헤치어 생각해보니 사람 마음이 좁다는 것이다. 나 자신을 구원받고자 하는 마음만큼 남의 마음도 생각했으면 싶다. 나의 기억은 절반 플러스 알파로 돌아왔다. 절반 이상의 알파만큼 기억하게 되었다. 해로운 사슬의 잠으로부터 깨어났다. 병원에서의 청진기 검사는 오랜 세월 내 몸의 고통을 해된 찰가루가 떨어져 나간 것처럼 느껴졌다. 무거운 한 겹의 옷을 벗어버린 느낌이었다. 이러함으로써 고통의 쇠틀에서 나온 기분이었다. 얘기를 할 수 있는 L이 있어서 더 컸다.

그동안 얼마나 해로운 말들을 기억해내지 못하고 살아왔다는 것에 뇌가 망가져 살아온 것을 후회가 막심해진다. 그저 시장 골목에서나 있을 듯한 말로는 해소가 어렵다. 아이가 아프면 정성껏 간호하듯이 그러한 마음의 말이 절실하게 필요했던 간호와 치료의 필요함이었다. 절반 이상의 기억다운 기억은 내 인생 전반기가 지나가고 무렵에야 기억이 정리됐다. 사람 관계는 겉으로 보인 것에 끌리어서 잘못된 만남으로 잘못된 삶으로 이어진다는 것을 뼈저리게 절감했다. 얼마나 알고 그랬나 싶을 정도가 되니까 교육의 몰지각을 보는 느낌이 들었다.

교육이란 끝이 보여서는 안 된다. 약속은 지키라고 있듯이 교육의 틀이 사람과의 관계에서 어긋났을 때이다. 우리는 보통 자신감 있는 사람을 좋아한다. 그리고 자신감 있는 사람을 더 믿고 싶어진다. 아니면 반면에 그 사람의 착한 심성으로 좋아할 수도 있다. 종교에 기대는 마음이 있다면 그 믿는 만큼 집에서 가정에서 각자 자신이 만나고 겪고 대하는 사람들을 왜곡되지 않게 대해주었으면 좀 더 문제가 상처가 만들어지지 않는다고 생각한다. 경험하건데 종교는 상징이 있게 여겨진다.

상황도 모른 채 남 같은 그들 관계인에 꾀어 난 아니 갈 데를 나섰다. 상대는 역시나 악의 바람꽃이었다. 그들이 독소남을 불렀으니 그들이 해결하라고 하면 될 것을 그 독소남과 맞닥뜨린 난 두려움의 팔짱을 보인 채 말을 잃고 그 악의 바람꽃인 상대는 나를 거짓되게 욕보였다. 이런 상대는 처음부터 들이지 말아야 할 사람이었다. 늦은 안목의 후회일지라도 판단이 바로 설 때 결정하는 마음은 늦지 않다.

옳은 결정을 못 했을 때가 바보스러운 것이다. 내가 내 자리에 있게 될 때 세상 만물과 인간 만물이 제자리에 있게 됨을 느낀다. '인간은 먹기 위해서인 식욕에 태어난 것이다.'라고도 말할 수 있다. 코로나는 우리의 큰 가르침이었다. 대학 간판이란 어찌 보면 하나의 장식품이라 할 수 있다. 그 장식품의 역할이 빛나려면 자신이란 사람한테 그 장식품을 맞춰야 한다. 그렇지 못하면 그 장식품은 비난의 화살이 된다.

기억의 힘은 약해서 내 마음을 많이 아프게 한다. 몰지각한 교육은 성한 사람을 마비시키기도 한다는 것이다. 진실한 교육은 한 사람을 살리면 한 반을 살리는 것이고 전체를 살리는 것이 되는 것이다. 사고를 당한 어린아이 마음을 가진 아이를 두고 그들대로 가하는 말들은 인간 같은 늑대이다. 모르는 상대를 구하는 것은 그 상대를 잘 알지 못하면 위험하다는 것을 C.F.G는 보여주었다. 악을 선으로 받아들이면 사고의 길은 나빠진다.

애초에 넘어뜨리려는 마음이 있는 이런 사람들 옆에 있으면 될 일도 안 된다. 아직도 정신 못 차리고 있는 이들도 있을지 모른다. 한 역사가 일어난 것이다. 보잘것없는 사람들로 인해 아직도 모르고 기대하려는 마음을 가진 이들이 있을지 몰라 깨어나기를 바라고 싶다. 환상에서 깨어나길 바란다. 앞뒤도 모르고 어디서 들은 것으로 난데없이 공격을 당한 어린이 모습을 취한 나였다. 내가 본 이런 그들은 비교육인들이었다.

내가 덫에 빠져나왔다고 선의의 마음을 가지어서 그 덫의 흔적에 디뎌서는 안 되는 것이다. 덫의 흔적은 덫일 뿐이다. 우리는 무료로 백 년의 인생을 보증받은 거나 다를 바 없다. 백 년도 살아보지 못하고 갈 수도 올 수도 없는 세상을 선의 상징표에 의해서 백 년을 맛보고 살아간다는 것이다. 부를 버리고 고난을 짊어지게 되는 발자국은 딛지 말아야 하는 것이다. 지는 꽃은 지는 것이 좋고 피어나는 꽃은 피어나게 하는 것이 좋은 것이다. 준비하면 길이 생긴다. 약은 오랫동안 내 몸을 내 생각을 멈추기도 했지만, 그에 반해서 약의 새로운 면도 인지하게 되었다.

　세상에는 억울한 사람도 많이 있다. 화를 내서 용서할 사람이 있고 화를 낸다고 해도 용서가 안 되는 사람이 있다. 내가 말을 잘못 했어도 올바르지 않으면 멈출 수가 있고, 행하지 않을 수가 있고, 거둘 수가 있다. 자연 가운데에서 내 마음의 사슬이 끊어짐을 느끼었다. 순간 빠져나옴을 느끼었다. 정상의 몸이 된 기분이 들었다. 되돌릴 수 있는 게 있고 되돌릴 수 없는 게 있다. 내 방식보다 상대가 배려해주면 백 원이라도 그대로 받아들이는 것이 상대를 존중한다는 것을 느꼈다.

　시간을 앞당기어 백 년의 아픔을 느끼다 깨어난 것 같다. 잘못된 본의 아닌 선택은 사람을 오인하여 잘못 길을 들어선 것이다. 돌덩이가 눈덩이가 되지 않기 위해서 마음먹었다. 말은 신이 허락하여준 생명의 도구이다. 이 도구를 잘 사용함에 따라 생이 되고 사가 된다. 눈이 뜨일 때 말도 정신이 든다. 학벌, 지위, 자리 이런 것에 앞세워서 억울한 사람 만들게 되고 애매한 사람 상처 주는 일이 생기면 평화로운 인생 사회는 되지 않는다.

　발 한번 잘못 디뎌 다른 인생을 산 것이다. 부모도 다르게 보이듯 살았고 내가 나를 다르게 보고 살았고, 다른 사람도 다르게 보고 살았고, 그처럼 인생이 지나가 버린 삶으로 살았다. 삶의 눈이 뜨여질 때 안식이 채워지지 않으면 두려움이 앞서는 것 같다. 해된 상황에서 해된 사람의 말은 아주 치명적인 상황의 말이다. 이럴 때는 공부라는 말이 상황에 어울리지 않다. 상황에 어울리지 못하는 말을 한 일도 없었으면 좋겠다.

　자신의 자리에 어울리지 않는 말을 하는 이의 자리는 맞지 않는 길과 같은 것이다. 몸이 제대로 순환이 안 되면 상대 몸이 거꾸로 보이기도 한다. 또한, 재순환이 가능하지 못하면 귀가 어두워지고 시력이 멀어지기도 하며 듣는 것도 잘 듣지 못하고 보는 것도 잘 보지를 못한다. 몸의 기능이 바르게 되어야 자신의 생활을 잘 돌볼 수가 있다는 것이다. 제 기능을 다하면 만물이 자신을 돕게 된다.

내 개인 의견으론 대학은 꼭 원하는 필요한 사람만 갈 수 있도록 하면 좋겠다. 대학 나왔다고 열매가 달라지지 않는다. 더 많이 담느냐가 다를 뿐이다. 열매는 어릴 때 있는 것이다. 옳은지 나쁜지는 어릴 때 알 수 있다. 대학인이 허술하지 않아야 대학 욕도 먹지 않게 된다. 사회의 나쁜 끈들은 각자 사람들로부터 한 매듭씩 끊어졌으면 좋겠다. 덜 나쁜 소식 듣고 덜 안 좋은 말 듣고 보기 좋은 세상 속에서 사는 느낌을 받았으면 좋겠다.

자신의 몫만큼이 가장 아름다운 삶이다. 몫을 거스르는 사람은 역행자이다. 그들 목숨이 주어진다면 평생 반성하고 살고 뉘우치며 살아야 한다는 것을 말해두고 싶다. 미꾸라지도 춤추며 노래하고, 갈치도 춤추며 노래하고, 고래도 춤추며 노래한다. 그리고 상어도 노래하고 춤추며 말한다. 누구든지 할 수 있는 게 공부라면 그 가운데서 깊은 질을 헤아려 볼 필요가 있다. 내가 산다는 것은 네가 사는 것이고, 우리가 사는 것이고, 전체가 사는 것이라고 할 수 있다.

고등학교 나와도 우월한 사람은 대학 나온 사람만큼 대접받는 사회가 되어야 한다. 대학 출신이라고 고등학교 출신을 얕보고 지배하려 해서는 안 되고 그리했다가는 대학 출신의 허술한 면을 드러낸 일만 보일 뿐이란 것을 알아야 한다. 진정으로 배움을 원하는 사람은 꿀림이 없고 다르다. 함부로 하지 않는다. 대학 출신이지만 실속 없고 내실 없는 것보다는 잘 배운 고등학교 출신이 훨씬 낫다.

사람이든 일이든 한쪽으로 치우치면 안 되는 것이다. 자신의 얼굴 피부를 가꾸는 것도 건강을 관리하는 것이다. 먹어야 힘이 난다. 그나마 다운될수록 먹어야 글도 나온다. 착한 이는 마음 문의 빗장을 열어젖힐 때가 있습니다. 그때 반갑지 않은 이는 몸부림 하며 다가오려 합니다. 이 같은 생각이 드는 순간 짙은 흐린 그림자가 드리워진다. 하나를 완성해야 다음이 완성되게 됩니다. 어떤 선택지에서는 정당한 기쁨도 있고 부당한 기쁨도 있습니다.

어떤 선택지에서 선택되었다고 기뻐할 일이 아닙니다. 어떤 선택지에서 선택되지 못했다고 슬퍼할 일도 아닙니다. 선택됨은 싸우지 말고 깨우쳐 나아가라는 의미입니다. 그렇지 못한다면 자신한테 무너지는 것입니다. 한 걸음 뒤로 물러선 이는 다음의 도약을 위해 준비하여야 합니다. 싸움보다 정의를 생각하고 평화를 생각하고 삶을 생각하라는 것입니다.

용서는 인간의 몫을 뛰어넘는다. 표현의 자유는 희망으로 나아가게 한다. 정치는 사람이 살아가는 데 관심을 가질 만한 권리이자 의무인 것 같다는 생각이 든다. 삶의 연결로 좌우되기 때문이다. 어울려서 웃어볼 때가 있을까? 나의 두려움은 못에 박히듯이 어떤 기간이 되면 그 형세에 따라 일어나는 것은 변함없이 박히어진 아픈 못 자국인 것 같은지 모른다. 황혼기에 접어들기에 더 불안하고 초조하고 짙은 포화감 같은 불안이 진공처럼 두려움이 일게 된다.

이러함에도 희망을 가져 보려는 마음을 갖는 나약한 사람의 마음인가 보다. 글을 쓰는 게 힘들지만 할 수 있는 것은 이 길뿐이며 내 한편의 마음을 나타낼 수 있는 방법이기 때문이다. 그래서 글다운 글을 쓸 수 있고 자신이 붙는 것 같아서이다. 작은 한 인간으로서 할 수 있는 범위가 정해져 있다. 신처럼 모든 것을 할 수 없고 조화를 부릴 수는 없는 것이다. 그래서 작은 조각 조각들이 모여서 큰 강을 이루는 것과 같다.

이유도 모르고 대놓고 도와주는 척하는 사람은 이유도 모른 채 내밀어 버릴 수 있다. 공부도 다른 성향의 공부는 찢기는 도구의 공부도 있다. 피해야 좋고 저지해야 지킬 수 있고 벼랑을 피하게 된다. 그러므로 벼랑 지점에 설 필요도 없듯이 기본적으로 알아야 할 것을 알아야 한다. 덫은 나에게 있어 굴레였다. 그 굴레 속에서 덫인 줄 모르고 보이지 않은 채 살아왔다. 엄마가 미운데 생각하다가도 다른 사람이 안 좋게 대할 때는 엄마가 생각난다. 다른 사람도 이 같은 마음일까?

# 오미크론의 역사를 통해
# 나를 돌아보다

말이 살 같고 음식 같은가 보다. 마음의 파도가 잠재워진다. 비닐 묶은 것 풀어헤치고 답답함에서 나온 것으로 느껴진다면 그러한 느낌이다. 답답함에서 나온 것 같은 느낌이다. 어른은 상처 준다면 이미 어른이 아니다. 소통이 없다면 치아 없는 입이랄까? 입이 있어도 말 못할 수 직적인 가정은 감정이 편치 않다. 타인이 인맥이 된다. 적이 인맥이 된 것처럼 한다. 결혼이 생계의 수단으로 삼고자 부모도 그 주위도 그 가운데 제대로 된 이가 몇 있었을까?

엄마의 말과 행동은 나를 복잡하게 한다. 세상에 없는 엄마이지만 정말로 귀가 따가울 정도로 말해주고 싶다. 엄마가 부엌에서 아무 말 없이 항상 시위하기 위해서 찬거리를 주방에서 독점하려는 것처럼 보인다. 그걸로 인해 꼼짝 못 하게 하려는 엄마 자신만의 전유의 일처럼 느껴진다. 내가 과량의 약으로 고통받고 말이 안 나올 때 감정 자체를 모르신다.

사람은 제각각 맞는 길이 있다고 생각한다. 선호하는 종교를 좋아해 맞는 사람이 있는가 하면 선호하지 않는 종교를 가까이해서 몸이 아픈 사람이 있다. 어려서 주위 종교 노랫소리 새벽 그릇 소리에 그 아이들에게 그 화를 내뿜는 모습에 정신이 어지러울 정도로 시끌시끌하게 살았다. 그런데 무얼 알아야 길을 갈 수 있지 않을까? 힘이 되고 용기가 나고 무얼 해야겠다는 마음이 생기도록 하여 본 적은 L 가실 때까지 한 번도 없게 느껴진다.

이 글을 쓸 때쯤 언제나 변화를 느끼는 것은 있다. 주기적으로 변화가 주어진다. 내 마음에서 글을 쓰지 아니하도록 두지 않는다. 감정을 나타내도록 써야만 견디어지게끔 하게 한다. 난 지금 시대에서는 현시점에서는 매우 평안한 마음이다. 호흡도 자유롭고 소통도 자유롭기 때문이다. 난 내 감정을 다치지 않고 존중받고 살았다면 훨씬 자유롭게 내 사고와 감정을 말하고 건강하고 내실한 글을 썼으리라고 생각된다.

굴곡된 끈들의 때가 잔뜩 끼어서 벗기지 않으면 안 될 희망의 시작인 것 같다. 시작이 시작의 내딛는 걸음인데 난 이 시작의 걸음이 항상 뒷걸음이었다. 나 자신도 나의 삶도 그랬듯이 사회의 그 어떤 변화는 그러함을 옳도록 바꾸어 놓았다. 더 나은 시작인데 나의 시작이 아직 풀리어지지 않는 끈임을 풀어지고 있음을 아니 시작으로 희망으로 나아가도록 한다는 것을 일깨워준다.

한 번은 고민하고 주춤하게 된다. 두 번도 머뭇거릴 수가 있다. 그러나 주저 없이 나아가도록 밀어붙일 때가 주어진다. 내 시점이 바로 이때이다. 소통이 참 좋은 것은 이처럼 된다. 진정한 소통은 짓누르는 마음이 녹아내린다. 나의 살아온 삶이 그랬듯이 감정이 매우 혼란스럽듯이 이 글도 혼란스러울 수도 있다. 하지만 어느 누구도 거스를 수 없는 쓰여야만 하는 글이다.

항상 의문이었다. 글 쓰는 이들은 과연 어떤 상태로 글을 내놓을까? 이제 그 심정의 의문이 풀리게 되었다. 남자든 여자든 다 제각각의 몫이 있기 마련이다. 그 몫을 잘못 거스르면 반드시 대가가 따른다. 난 아직은 마음이 정렬되지 않아서 이 글을 쓸 때도 내용을 먼저 떠오르는 대로 나열한다. 지금의 나는 가끔 운동 같은 몸을 움직이게 된다. 산책도 하고 가까운 동네에 걷기도 한다. 산책 후에는 수면도 편안하다. 이 느낌은 처음이다.

난 지금은 생활의 얘기를 조금 할 정도이다. 더 많이 심리가 안정되면 적지 않게 있었던 생활 얘기를 풀어놓을 수가 있을 것 같다. 오늘 아침은 무얼 먹을까? 무얼 먹었으면 좋겠다. 이런 생각이 부쩍 들게 된다. 나의 작은 변화이다.

심리가 조금 녹아내릴 때 전에는 입에도 대지도 않았던 습관들을 자연스레 하게 된다. 세상이 다시 보인다. 길 가다가 늘 그 자리에 있었던 꽃들이나 풀들도 언제 피었지 언제 있었던가? 할 정도로 시선이 돌려지게 된다. 늘 그리워진다. 넉넉한 반찬에 마시고 싶은 것들을 일정대로 먹는다면 참 부러울 것이 없이 좋겠다고 마음을 가져본다.

간단한 식사가 언제나 새롭지 않다. 하지만 낮에는 빵도 먹고 이따금 과자도 먹게 된다. 이처럼 식성이 드물지 않게 바뀌었다. 지금은 약물치

료도 좋다. 약도 적절하게 조절하듯이 식사도 부담스럽지 않다. 조화란 그런 것 같다. 아무리 강조해도 조화스러움은 지나치지 않다. 약도 조화가 있듯이 좋은 것이고 마음도 감정도 나누어야만 조화가 되어서 뒤탈이 없는 것 같다.

태어나기를 약하게 태어나던 것처럼 절반의 인생이 갓 태어난 무게의 아이처럼 다치면서 깨달으면서 살아온 인생이 반생이라면 남은 인생도 반이라 그 인생도 갓 태어난 무게의 인생으로 살아갈 무게일 것 같다. 약하게 태어난 대로 주어진 역량대로 살아가는 것 같다. 나의 호흡을 막듯이 자유롭지 못하게 해준 L은 나에게 자유를 주지 못한 것처럼 코너에 머물렀던 것 같다.


나의 인생의 숫자는 모르지만 지금은 열어젖히게 되는 시대라고 보인다. 감정이 아프면 적절하게 풀어가는 것이 어렵지만 풀어나가는 것이 좋을 것 같다. 난 지금부터 차차 혼란스러웠던 나의 삶들을 무거운 것들을 내려놓고자 한다. 그래서 첫발을 조심스럽게 내어 걷고자 한다. 나의 가까운 가족인 N한테 못했던 것, 잘해주고자 노력하고 필요 외로 붙들었다면 가볍게 놓아주고 자신의 성장을 가고자 이제 잡아주고자 한다.

자연은 선택된다면 그 사람을 바다의 한가운데로 밀어넣을 수도 있는 것이다. 사람은 그 상황에 놓이지 않고서는 상황을 이해하려고 노력을 하지만 직접 직면하듯이는 어렵다. 어찌할 수 없이 남 같은 사람이 소주잔만 한 크기로 어떤 물인지 알 수 없지만 그 물이 하나의 합류를 의미한다고는 할지라도 같은 유형이 아니면 마음이 있을지라도 합류가 안 되는 것처럼 그 물을 받는다면 받는 이는 마음 아픈 병을 얻을 수가 있는 것이다.

그러하므로 되돌이킬 수 없는 존재 아닌 존재가 되어 살아갈 수가 있는 것이다. 나가 없는 나가 되어 살아가는 고통을 안고서 진짜와 가짜가 뒤바뀌는 삶으로 살게 되는 것으로 회전한다. 사람이 자연의 숲속에 사는 것은 자연을 닮듯이 사심을 가지지 말고서 살라는 의미인지도 모른다. 내 마음을 묶인 어떤 것도 이제는 없길 바라고 앞으로 탄탄한 길을 걸으면서 좋은 생각으로 마음을 치장하고 내 몸도 자유롭게 행하면서 나의 소망한 길을 가고자 한다.

희망찬 나라의 사회 속에 나 개인도 있다는 것을 느끼며 내일을 열심히 바라보고 살아가련다. 약간 이상한 도둑의 바람 풍에 의해서 쏠리어 버렸다. 도둑이 지휘자가 된 것이다. 내가 지휘자가 되어야 하는데 그 도둑의 이상한 바람 풍에 의해서 세월을 낯선 황야에서 길 잃은 셈이 되어 버린 것이다. 가정은 비밀의 문이라고도 할 수 있는 그 비밀 문을 함부로 넘었을 시 그 조화가 깨지는 듯하다.

자연은 호흡이다. 내 발을 떼게끔 한 인도가 자연이다. 엄마를 이해하려고 하였다. 난 그 오랫동안 약을 먹어도 딸의 마음을 이해하기라도 한 적 있었던가? 아쉬운 마음이 느껴진다. 사람의 기억은 참으로 귀중한지 오래간다. 순수한 기억도 그 기억이 훼손되리만큼 악의 기억과 만날 수 있다는 것을 난 약으로 몸을 이기지 못할 정도로 원치 않게 먹고살았다.

한번 잘못 디디면 십 년 내지 삼십 년은 보통은 간다. 엄마는 날 너무나 힘들게 하고 나를 기대며 살다시피 하고 가셨다. 함이 느껴진다. 제대로 주위서 엄마를 얼마나 알며 나를 얼마나 알고 있을까? 의문이 갈 정도로 살고 가셨다. 십 년을 살든 칠십 년을 살든 똑같은 인생을 산다 생각하면 얼마든지 편한 마음을 갖고 살 수 있다. 마음을 어떠하게 가지느냐에 달려있다고 보면 된다.

돌멩이가 날 칼로 그리고 괴물로까지 선에게 다가와 괴롭히는 것이 종교에 미치게 중독되게 빠져 있는 인간인 사람이다. 큰 도의를 지키는 사람은 전체를 생각하는 사람이다. 소인일수록 자신만 생각하는 인간이다. 구별은 있어야 좋은 것이다. 마음이 크고 넓은 사람일수록 자신의 아픔을 참아가며 나아가는 사람이다. 내면이 충실해도 외적으로 약해 보이면 사는 것이 어렵고 내면이 부실해도 외적으로 강해 보이면 살기가 용이할 수 있다.


그래서 틀이 있는 학교가 있는 것이다. 청소년기에 잘 지내고 못 지내느냐 관리가 이십 세에 키워지는 것이다. 이때 인생이 좌우되고 결정되는 것이다. 그래서 학교 울타리 초등학교, 중학교, 고등학교는 천국의 길이라고 할 수 있다. 천국의 길이 어울리는 사람이 있는 반면 사회의 길에서도 잘 어울리게 성공하는 사람도 있다. 자기 위치를 잘 알아야 되는 것이다.

상황에 사과를 일찍 하는 사람이 앞선 자이다. 잘못된 종교인의 사고와 행동은 돌멩이와 날 칼을 지니게 한다. 돌멩이가 얹어 있으면 어떤 말도 흐를 수 없고 먹는 음식도 소화되기 어렵고, 듣는 귀도 잘 들을 수 없고, 보는 시야도 잘 볼 수가 없다. 난 어린 초등학교 무렵부터 이런 종교인에 의해 돌멩이를 마음에 얹고 산 셈이고 날 칼을 피하지 못하고 잘못된 어른들의 날 칼 같은 손길에 다쳐가며 살아왔다.

그런 반면에 이기려고 산 힘은 초등학교 선생님의 힘이었다. 그 힘으로 생명을 살아온 셈이라 느껴진다. 일반으로 그릇된 인간인 사람은 자신의 생명이 다함을 느낄 때 그 초로의 생명을 건질 요량으로 그 초개의 몸을 유지하려고 꾀를 쓰기까지 한다. 거저 태어났다가 선택되는 대로 가는 것이다. 이러한 게 인생인 것이다. 보통으로 인간은 외적으로 살아간다.

보여지는 것에 의해 살아간다는 것이다. 외적인 것을 잘 갖고 나오면 좋은 것이라고 말할 수 있다. 상처도 건질 수 있을 때 얻어진다. 상처가 찌들면 얻을 수 있는 것도 못 얻는다. 독의 열매를 얻기보다 아픈 독성의 열매를 얻는 것이 아니라는 것을 치욕의 열매라는 것을 잊지 말라고 내 발걸음을 아프게 수고롭게 한 것 같다. 치욕의 열매는 얻지 말라고 거스르게 한 것 같다.

제대로 된 교육인을 못 만났다는 것에 아쉬움을 남긴다. 사과할 줄 알고 잘못이 어느 쪽이든 앞선다고 생각한 이라면 잘못해서 미안하다고 말할 줄 아는 이가 없는 교육인이 아쉽다. 이런 관계는 아무리 웃음이 펴기 어렵고 마음을 펴기가 어렵다. 배웠다고 지칭하는 자리를 내세우고 지칭하는 이런 자리는 자랑할 만한 것이 못 되는데 말이다. 멀어지면 잊혀진다고 이 말이 답을 주는 것처럼 마음을 펴지게 하는 말이라고 할 수 있다.

난 똑똑함을 자처하고서 못한 사람한테 상처 입히고 고자세를 취하는 사람보다 낮은 자세로 잘못을 인정하고 시인하며 다가와 주는 교육인이야말로

품위가 있는 교육인이라 생각된다. 이런 사람이라면 다가오면 마주 대할 수 있을 것 같다. 아는 이 없는 사람을 더 아는 이 없도록 면박 주고 텃세 부리며, 압력 아닌 압력을 주는 이야말로 자신이 아는 이 없는 것으로 자처하고 만드는 꼴이라 생각된다.

나로서는 그런 이들이 적으로만 보인다. 가까이하기 거리낄 정도로 사람들이 적으로 갖춰진 이들 같다. 집에 무더운 열기에 의해 글이 써내려갈 때가 있다. 지금이 그런 것 같다. 열기가 쓰이게 한다. 하지만 머리는 맑아진다. 그리고 비도 섞이어서 온다. 홀로 사는 삶을 아름답게 하려면 태양 빛처럼 사는 것이다. 난 내 힘이 닿지 않아서 내 힘을 그런 적들로부터 많이 소모해서 어렵다.


부모 가족 남남처럼 살아왔다. 정상의 잠으로 돌아온 것 같다. 정상이란 이런 것인가? 새벽에도 밤에도 안심하고 다닐 수 있는 세상이 유지되고 계속되었으면 좋겠다. 아름다운 세상에서 살 수 있는 세상이 되면 좋겠다. 어린이가 타인의 어둠에 데이면 그 어둠에 무의식적으로 닿곤 한다. 그 어린이 시야에는 어둠뿐만이 보이기에 그 어두운 데에 닿아 상처를 내게 된다. 그 어둠에 닿은 나의 백지가 순백이 될 무렵 새로운 세상에 새로 태어나는 것이다.

아름다운 세상은 인간의 부모를 두는 것이다. 생 물건을 억지로 망가뜨리려는 괴팍한 인간이 있는가 하면 오랜 기간 동안에 품어야만 젖소의 맛있는 우유가 나오게 노력하는 목동이 있다. 고뇌로 노력하는 사람이 있는 반면 노력을 쉽게 하는 사람도 있다. 반면에 쌓기를 수고로이 하는 사람이 있다. 인생도 이와 같은 것이다. 어느 쪽을 선택하느냐에 따라 나의 인생이 있고 없고 하는 것이다.

# 8.

# 내일의 희망을

## 내일은 시작된다

사람과 사람과의 작용을 막는 것은 인간의 그릇된 시야를 갖기 때문이다. 가장 보잘것없는 이가 재물을 탐하고 사람을 탐하고 신분을 바꾸어 보기 위해 처절한 위장을 하며 사는 사람이다. 어두운 이들은 이 위장을 보지 못하고 쏠리게 된다. 그러니 종교란 이름이 이런 위장된 사람들을 두기 위해 필요한 장소가 되는 것이다.

먹물은 먹물이 켜켜이 묻힌 채로 살아갈 수 있다. 더 잘 살아갈 수 있다. 하지만 그 먹물에 덮인 백색은 숨이 막히어 살아가기가 어렵다. 이처럼 태어날 때는 색깔이 저마다 다르게 숙명처럼 지닌 채 존재하며 살아간다. 먹물도 좋은 먹물이 되려면 그 먹물 안에서 스스로 마치는 것이다. 그런데 인간 세상은 탈바꿈된다. 지은 대로 머무는 것이다. 갈 때는 선택됨이 없다.

세상이 아름다운 것은 갈 때는 제자리가 있기 때문이다. 자신이 좋아하는 취미도 아니면서 공부 옆을 추종하는 멋없는 사람도 많은 것 같다. 남 공부가 쉬워 보이는 줄로 잘못 생각한 이들의 생각이 미련스럽게 보인다. 꼭 필요한 것은 틀이다. 사람 노력이 아름다워 보일 때 모양이 달라 보임을 느낄 때 제 정상이 느껴질 때이다. 아이는 어른 프로그램을 보면 안 된다.

아이는 아이 나이에 맞추어서 대해주어야 한다. 설사 아이가 넘어설지라도 감싸줄 수 있는 어른이 되어야 한다. 이런 풍토는 생활 사회에서 어른들이 습득하여야 한다. 내가 할 수 있는 거라곤 이기시지도 못하는 약주로 과로하신 아버지한테 "약주 하시지 마세요." 하는 말이 전부일 뿐이었다. 아버지는 알아들으신다. 내가 발을 잘 못 디딘 까닭인 것도 같아 마음 아프다. 엄마도 주위도 아버지와 나한테는 적으로 둘러싸임을 느낄 수 있었다.

그 세월이 눈물만큼 아프다. 사람은 빵으로 사는 것이 아니다. 떡만으로도 사는 것이 아니다. 다르지만 올바른 마음으로 사는 것이다. 난 이상한지 유난한지 특별한지는 모르지만 어려서 온몸에 두드러기가 나서 몹시 가려워도 가렵다고 짜증 낼 줄 모르고, 울 줄도 모르고, 성질을 부릴 줄도 모른다. 이상하게도 비가 오는 날 글을 쉼 없이 쓰게 된다. 잘 생각하고 오지 않으면 사람 잘못되기 쉬운 곳이 대도시이다.

어지럽도록 넓다. 신뢰가 믿음이 깨지면 한쪽을 정신병으로 몰게 되고 약한 이는 정신병에 걸린다. 이럴 때 우위적으로 신뢰를 풀 만한 말을 해줄 수 없는 사람이라면 둘 다 이해가 작은 사람으로 볼 수 있다. 재물은 부모에 의해서 물려받을 수는 있지만, 그 재물이 자신의 마음을 그릇되게 할 수 있다.

사람 선택도 잘못되면 죄에 속한다.

힘은 그 여하를 불문하고 자신의 직분에 충실했을 때 힘이 있다고 말할 수 있다. 난 천국과 지옥의 두 갈림길에서 진귀한 내 몸을 달려오며 사는 길 같다. 초등학교에서 날 이끌어 들인 것은 천국의 길이고, 그 천국의 기를 받아 집에 돌아오면 그릇된 종교인의 남 같은 주위에 의해서 금 가듯 깨어지는 시간을 보내는 것은 지옥 길이었다. 그래도 천국의 길이 승리한 것이다.

마음과 탐욕과 욕정의 빈자리를 깨닫게 하는 길은 그 근처를 떠나는 방법이 제일 낫다. 그리고 나 자신을 단련하는 것이다. 넘어지지 않기 위해서 나를 수련하는 것이다. 태어날 때부터 바꿀 수 없는 것은 심성이다. 그 심성대로 바라보고 행하게 된다. 그 심성을 다치지 않으려면 인간에 맞추어서 잘 조율해야 한다. 너무 좋으면 재물뿐 아니라 목숨을 잃을 수 있고 너무 냉정하면 방해자가 끼는 법이다.

방해자로 인해 사람도 잃을 수도 있다는 것이다. 비교육인의 어리석음이 두려울 정도로 몽매스럽다. 진정한 교육인을 분별할 줄 알고 비진정한 교육인을 멀리해야 한다. 독성만이 이기기를 좋아한다. 그 독으로 이겨 보겠다는 것이기 때문이다. 그래서 경쟁을 좋아한다거나 이기기를 자처하고 대하는 사람은 미리 조심해 둘 필요가 있다.

아직은 아닌 먼 미래에 갈 날까지도 나에게 위안은 양이 안 차서 안 가실지 모른다. 안 가신 채 떠날지도 모른다. 그렇지만 사람들이 살아가는 세계가 후진국이 아니었으면 바람이다. 슬플 때는 싸울 때는 어떤 묘령의 어둠의 무언의 여파 때문에 좌우된 것 같기도 하고 옆구리 치맛바람이 세상을 어둠게 하기도 하고 자화자찬하기도 한다.

치맛바람으로 세상이 돌아가기도 한다. 좋든 나쁘든 치맛바람을 잘 만나야 한다. 그 흔적이 느껴질 때마다 괴물도 함께 느껴진다. 독성은 그러한 것이다. 자신의 몸 아닌 타인의 몸에 영원한 흔적을 화려한 독으로 남긴다. 그 독의 말로는 불행하다. 어쩌면 나와서는 안 될 사람처럼 잘못되게 나와서 화려한 독으로 포장하여 살아가지만 떠날 때는 잘못되게 왔던 제 길로 되돌아가는 운명일 수 있다.

대학이란 허울 좋은 이름으로 사람들은 잘못을 많이 저지른다. 짝이란 이름으로도 잘못을 저지른다. 둘이란 이름을 가졌다는 것으로 잘못을 많이 저지른다. 어떤 모양 따라 독을 지니듯이 사람도 독을 뿜어낼 수가 있다. 그 장면 제스처는 상상만 해도 충격은 가실 수 없다. 가장 허울이 낮은 데에 직면했다고나 할까? 그래서 기분이 오묘할 정도로 오염을 느낀다.


나와 딸 둘 서로 힘들 때는 아픔의 신호이다. 서로 오가는 말도 부정적인 말이다. 아직 내면이 약하기 때문이다. 벽처럼 단단하지 못해서이다. 교육은 그다지 벼슬이라고 생각할 것도 없는 것이다. 그 자리를 벗 삼아서 함부로 해대라는 자리가 아닌데 말이다. 교육은 겸손하게 최소 두 번의 인식을 갖는 것이기에 최소 두 번을 겸손하게 가지라는 의미의 자리인 것이다.

이것을 잊는다면 있을 이유 없다. 허울 좋은 이름표로 멋대로 간주하려는 대학인은 되지 말아야 한다. 허울은 과실을 만들고 사람을 다치게 하면 그 여파가 지대할 정도로 어리석은 배움임을 알아야 한다. 잘못을 느낀다면 백

배사죄로 반성하고 살아야 한다. 겸손의 교육은 말하지 않아도 존경할 줄 안다. 목적이 다른 삶을 살려면 굳이 비싼 돈 들여서 대학 갈 필요 없고 상대 아닌 다른 상대를 만나 살려면 구태여 옆의 공부할 사람 옆의 사람 인생 끌어당기어 망칠 필요는 없는 것이다.

이 같은 사람이 가장 어리석은 것이다. 바른 것을 알아볼 줄 아는 사람한테 다가가는 것이 좋다. 난 어린 시절 기억을 잊고 살았다. 그런데 주변은 내가 기억을 하고 있는 줄 알고 있었나 보다. 알 수 없다. 그리고 내 주변을 감싸고 있었다. 난 왜 그러는 줄 몰랐고 투명인간이듯 살아온 것이다. 기억은 목숨이 달려 있는 것일 수가 있다. 그 기억의 악몽이 인격에 불구하고 계속될 때는 사람들이 죄를 느끼지 못할 때이다.

비운을 겪고서 사람들은 깨우침을 비추듯 한다. 그러하지만 인간의 한계는 한계일 뿐이다. 자신이 주어진 한계에서 잘 준비하고 살아야 한다. 욕심을 거두고 비운 마음으로 살아야 한다. 그러면 비운도 희망으로 바뀔 수가 있는 것이다. 속세인들을 상대하면서 난 작은 인간이 된 기분이다. 엄마의 모습은 일만 하시는 삶을 보이며 사신 것 같다.

그 모습을 보고 살은 나는 말하는 것을 잊고 살았다. 아예 말이 닫혀 버렸다. 지금 현재 어려움이 지속되는 것은 그 아픈 고통 잊지 말라고 여유와 재미를 주지 않으신 것 같게 느껴진다. 잊지 말고 살라고 엄마가 한 번이라도 옳은 화난 소리를 내며 사셨더라면 내 말이 열릴 수도 있는지 모르는데 말이다. 살아보니까 자식을 키우며 사는 일이 정말 힘들다는 것을 알았다.

주위서 잘 아는 이가 챙겨주지 않는 이상 어려움에 머물게 되는 것이다.

운명의 순리에 나아가야 한다. 운명의 순리를 기다리는 것보다 나 자신이 올바른 생각을 지닌 방향으로 나아갈 줄 알아야 벗어날 수 있고 바뀔 수가 있다. 그런데 난 잊고서 주위 사람과 복잡하게 살다 보니 잊었다. 한편으론 엄마도 살아가는 길이 얼마나 힘들었을까를 생각해본다.

여자로서 나약함도 얼마나 힘들었을까? 불쌍해지기도 한다. 지구는 인간 괴물이 씨를 퍼트려 사는 인간의 선과 악의 산실의 땅이란 생각이 든다. 내가 다른 인간과 같았다면 난 진즉 지구에 없을 것이라 생각한다. 지구는 중력이 있듯이 그 힘을 받아 인간도 산다. 난 이런 것과는 엇갈린다고 느껴진다. 아플 때는 그렇게 느껴진다. 한편으론 이 생각도 들었다.

힘든 병원 안 다녔다면 다른 방황 속을 헤매진 않았을까? 나 자신 위안도 해보았다. 그런데 그 위안의 끝이 한세상의 끝을 보았다는 것이다. 그렇다면 내 이 위안의 생각이 잘못된 것이 아닌가도 생각이 들었다. 얼마든지 회전도 할 수 있는데 불구하고 매어진 생각의 속에서 머리 회전하여 다른 방향으로 나오기가 어려웠던 것이다. 약이 그렇다는 것이다.

약은 내게 맞는 약이면 한두 번 아닌 계속 지녀도 별다른 반응이 안 나타난다. 그런데 처음 먹은 약은 한두 번은 괜찮다. 그런데 다른 원인의 영향이 있는 약이라면 생각을 해봐야 한다. 그런데 나의 경우는 생각하기가 어려워진다. 지구는 인간이 살 수밖에 없는 가장 든든한 땅이기에 사람들이 살 수밖에 없는 등대지기처럼 느껴진다.

나의 모든 정상의 감정이 멈추어 버린 것처럼 난 오감도 못 느끼고 오욕도 못 느끼고 무미하게 살아왔다. 나의 성향이 참과 진에 어울리듯 난 시간도 의식 못 하고 학교생활 수칙에 충실하고자 했던 것 같다. 무의식이 이끌 듯이 몸의 건강을 의식하면 적당히 일하다가도 자연히 쉴 줄 알게 된다. 건강이 나쁘면 시간도 의식 못 하고 과로하듯이 몸을 쉴 줄 모르고 일만 행하게 된다.

땅은 사악이 휘젓는 것 같아 보이지만 참과 진이 세상을 움직이는 것이다. 원고는 2022년 7, 8월 중 여름의 무더위에 쓰였다. 열 빛이 이끌었다. 그 어린 날의 전부는 내 인생의 전부를 말하여 준다. 간교한 사람 근처에 머물면 좋은 머리도 정신 이상이 걸릴 수가 있다. 그런데 이런 머리 가진 이들이 세상을 쉽게 수월하게 살아가려 한다. 나중은 어떻게 될지 안중에도 없다.

결국에 가서는 볼 것도 해결할 것도 없이 회피하는 방법만 알고 있다. 부모가 자식 잘 만난 것도 복이고 자녀도 부모 잘 만난 것도 복이다. 난 아파도 소리가 안 나온다. 극도의 지경인데도 말이 안 나온다. 의식이 되는데 무의식이 이끌리는 대로 노력했다. 아파서 몸으로 감당하기 어려운 이루 말할 수 없는 마음과 몸 고생을 많이 했다.

많이 먹지도 못하고 쓰지도 못하고 엄마가 소일로 고생하여 남겨둔 작은 금전이 그나마 사는 힘이 되어 유지한 몫도 있다. 산 날까지 세상 있을 날까지 노력하는 것이다. 그래야 정의롭게 살 수 있는 나라가 된다. 내실이 있는 것과 내실이 없는 것과는 다르다는 것이다. 배움이 길다고 꼭 내실이 더 있다는 것이 아니라는 것이다.

작은 배움이라도 내실이 실하면 쓰임이 더 클 수가 있다는 것이다. 평생 긍정의 관심 응원 지지는 자산이다. 상다리 휘어지도록 차린 음식이 내 몸의 독일 수 있고 밀죽이라도 내 몸의 정신에 살이 될 수도 있다는 것이다. 어린아이가 말을 못해 그 상황을 나오지 못한다 해도 생각 있는 어른이라면 자신의 밥인 음식만을 먹어야 하는 것이다.

생각 없는 어른은 아이의 안전을 지키지 못한다. 자신의 아이가 아닐지라도 위해는 가하지 말아야 한다. 어리석은 어른 옆은 위험하다. 자신의 부모라 할지라도 어리석은 부모는 안전하지 않고 믿고 기대기가 어렵다. 아버지가 너무나 안되어 보이고 불쌍하시다. 어려서는 잊고서 몰랐는데 H가 큰 소리 내시는 걸 한 번도 들어본 적 없다. 기운 없어 보인 모습만 역력히 떠오른다.


지금은 생각해보면 기댈 이는 아버지 혼자이신 것 같았다. 나로서는 아무것도 할 수가 없었다. 아이는 부모의 따뜻한 온기와 감싸줌과 지탱으로 뿌리가 자라고 크듯이 열매도 열리고 탐스러운 과실이 되듯이 부모님의 자양분에 의해 힘을 받고 자라며 성장한다. 탐욕은 자신의 좁은 눈의 틈으로 보이는 무엇인가를 짓눌러야겠다는 마음에서 비롯된다.

정말 잘못된 만남은 덫이 되게 만난다. 있는 자와 없는 자가 대결하듯이 만나진다. 자신의 가정불화를 남의 집에 들어와서 상대 집한테 해결해주기를 바라는 무식하고 보기 좋지 않은 머리는 기본 천성에 의한다. 이리저리 말을 바꾸어서 옮기는 사람은 정말로 나쁜 사람이다. 내일 먹을 반찬이 없다면 얼마나 공포증에 걸릴까 생각해본다.

하나의 물꼬가 트이면 멈추어 버린 생각들이 다시 일기 시작한다. 시간이 약이며 사람 사는 세상을 그리워지게 한다. 이게 삶이다. 시간은 사람과의 조화를 위하여 목적지 길을 가듯이 준비하며 사람을 그 자리로 이동하고 있는 것이다. 라는 것을 느끼게 한다. 이런 게 자연의 부여함이다. 사람의 기억이 녹슨 날이 되기까지 세월이 마음을 아프게 했다.

그 시간이 기억되기도 아찔할 정도이다. 잊었기 때문이다. 꼬이면 판단이 제대로 서지 않는다. 옆에 해로운 이도 잘 보지 못한다. 그 옆에서 빠져나와야 잘 보인다. 상추, 채소, 야채 유기농을 근처에 두는 것은 키우는 것이다. 관심을 주면 잘 커서 먹을 수 있는 것이고, 관심을 주지 않으면 잘 크지 않아서 버리게 된다. 버리는 것은 손해 보는 것이다.

꿈은 달린다는 것은 정도로 가는 사회가 되는 것이다. 억울한 결혼도 할 일이 없고 억울한 데 발 디딜 길 없는 사회로 되게 가는 것이다. 억울한 만남도 있지 않게 되는 것이다. 병원에서 L께서 돌아가시고 죽을 정도의 공기에 전화 통화를 하며 숨이 쉬어진 것 같다. 자리에 맞지 않는 사람이 그 자리에 있게 되면 죄를 쌓게 되고 언젠가는 그 죄를 벗게 될 날이 있어서 더한 고통을 받게 될지를 어리석은 이는 알지 모른다.

좋은 사람도 나쁘게 만드는 요인은 알고도 모른 척 시간을 넘기는 무한정 넘기는 것 때문이다. 그리고 이로운 것 취하지 않을 것을 취하고 주도권 행사하는 이는 역으로 불리할 때는 뒤로 빼는 것이다. 이런 이들은 뒤떨어진 사람들이다. 조금 실수해도 괜찮아 금방 깨달으면 되니까? 이로운 밥인 음식이 상처를 덮어준다. 밖에서 차를 마시고 음식을 먹다 보니 사람 사는 가정이 서로 먹이를 제공해주고 사람 부대끼는 생활을 하는 것이 아무렇지 않게 느껴졌다.

사람 사는 세상이 그렇구나 이 맛이구나 자연히 느껴졌다. 그래서 티격태격 싸우고 하면서 사는 것이구나 그래도 유지하는구나 이상함이 안 느껴졌다. 음식인 밥과 마시는 차가 사람의 생각을 바꾸어 주는구나, 매일매일 그런다면 나쁜 말도 싸울 말도 적당히 받아주고 감수하면 살겠구나, 마음이 동화됨을 느꼈다. 내 아픔은 뼛가루 흙가루가 되어도 아플 것 같다. 세기의 탐욕의 괴물은 이 땅에서 없어졌으면 좋겠다.

악의 권력은 그릇된 눈을 뜨게 한다. 자연은 무한하다. 선을 향하여 움직인다. 첫 시작은 이 분기부터 시작이다. 말하지 않을 때 말 않으면 죄가 된다. 이 글에는 반갑지 않은 사람들이 적지 않게 나타난다. 사람들의 마음이 꾸밈이 없이 진정한 마음으로 살았으면 하는 마음이다.

# 9.

# 자연의 등불에 기대다

자신의 죄를 덮기 위해 상처를 입은 아이의 말을 못 하도록 한 것은 상처 입은 아이를 자살하도록 하게 하는 거와 같다. 이같은 지독한 이는 세상에 없어야 할 일이다. 거기에다 앞뒤 모르고 제삼자가 진위를 가린다고 생각하는 척 공격하는 것도 상처 입은 아이를 되레 말을 닫게 하는 자살로 밀어내는 거와 같은 것이다. 일깨우는 힘은 어느 누군가에 의해 일어날 수 있다. 생각이 전환된다.

만점짜리보다 남한테 상처 안 주는 사람이 우월한 사람이다. 한 사람이 사는 것은 자연의 생명을 잉태하는 거나 같은 것이다. 무서움 자체를 생각하면 나를 혼자 있도록 하는 것 같다. 두려운 생각이 너무 많은 무서움을 겪은 까닭이다. 배운 이들도 믿을 수 없을 만큼 불안을 안겨주었다. 볼 줄 모르고 아는 것 없는 사람과 부딪히면 길을 미궁 속으로 들어가고 빠져나오기 힘든 것이다.

한 인간의 마음을 보지 못하는 마음의 장애도 있다. 나쁜 사람 맞서면 그들처럼 나쁜 사람이 되는 것이다. 욕망의 눈이 어두우면 인간의 마음이 짐승 같은 마음으로 변하는 것이다. 피하고 상대 안 하는 방법이 최선이다. 마음 헤집는 이는 피해야 하는 것이다. 어떤 소리 반응은 주위를 돌아보게 한다. 그리고 갇힌 사고의 틀을 깨운다. 나쁜 잔상들 때문에 헤매고 오랫동안 힘든 거였다.

나쁜 사람을 가까이하고 이로운 사람은 멀리하고 긴 세월 그랬던 것 같다. 시간이 흐르면 기억이 해이해지는데 자연은 그 흐린 기억을 불러오게 할 수 있다. 어떤 이한테는 잊은 기억도 불러일으킨다. 세상은 자신의 양만큼 보고 느끼고 누려가며 살아갈 수 있다는 게 행복이다. 글은 자신이 보아서 약속일 수 있고, 더 여유가 된다면 작품을 만들어 내보이는 것이 행복일 수도 있다. 건강한 게 목적이다. 약을 먹으니까 배고픔이 잦고 땅은 나에게는 약의 세월이었다.

기억을 잃게 한 사람은 비열하다. 어둠에 있을 때는 혼자 학습해도 무섭지 않고 익숙한 습관이었는데 어둠이 가신 뒤로는 하기가 어렵고 사람이 있어야만 일을 할 수가 있다. 이태원 참사를 보면서 자식 잃은 부모의 마음은 얼마나 미어질지 가슴이 아플 것 같다. 대학을 고등학생처럼 보면 상처받기 쉽다. 대학은 자기 잣대 공부이다. 내 마음이 보이지 않는 어둠 속에서 난 일을 하였다. 두려움도 모르고 앞으로 나아가기만 하였다. 건강도 돌보지 못하고 쉼 없이 앞만 보고 달려왔다.

세상에 태어난 순간 운명은 세상의 주사위에 던져진 것이다. 사람 몸이 위대한 건 참으로 강인하다는 것이다. 우리는 나타나지 않아도 숨은 아픔을 안고 살아갈 수가 있다. 내 눈을 가린 채 캄캄한 어둠의 눈으로 살아왔다. 나란 아이가 안 겪을 일을 겪었다. 얼마나 시끄러운 사람이 집안에 들어왔다는 것이다. 세상 인간 여자들이 어떻게 사는지를 본 것 같다. 벌떼처럼 사는 것 같다.

발을 딛는다는 것은 좌우한다는 것이다. 결혼은 전쟁 같다는 생각이 든다. 자식 잃고는 못 사는 것이다. 너무 억울하기 때문에 나쁜 인간 말하기 위해서 삶이 살아졌나 보다. 부모가 아이를 책임지고 관리를 못 했다면 부모 가슴이 찢어지더라도 그 아이가 나중에 수난을 겪기 전에 일찍 죽는다면 그게 낫지 않을까 싶다는 생각이 들기도 한다.

홀로 있을 때 말할 때도 없고 말할 얘기가 없다면 이 생각에 눈물이 쏟아진다. 인간은 인간의 다독임 속에서 사는데 난 그러지를 못하니 자연의 다독임 속에서 사는 나는 그렇다면 비슷하지 않은가? 기분이 너무 아프면 마음이 바뀔 수가 있다. 뼛속에서 글이 나오는 것 같다. 세월이 흐르니까 생활 기억들이 까마득하게 잊어버릴 정도이다. 그래서 머리가 하얘진다고 하는 말이 있나 보다. 기억을 잃은 시간이 너무 길다.

긍정적 생각 가운데에서도 부정적 생각이 짓누른다. 그런 유형이 숨 돌릴 틈 없이 지치게 하고 고달프게 한 것 같다. 얼마나 아팠으면 살았나 싶다. 새로움이 바뀌어 주었다. 누군가 사람이 있을 때 일하고 싶어지고 살아지는 것 같다. 사람이 주위에 있는 게 든든하다. 이런 마음으로 살아와야 할 것을 난 어둠에서 홀로 살아왔다. 어둠도 의식 못한 채 어둠이 저 멀리 가니까 난 혼자였다는 걸 알았다.

그때는 누가 보아주지 않아도 들어주지 않아도 묵묵히 하였다. 내 마음에 사랑이 담겨 있었으니까. 그런데 지금은 다르다. 사랑은 둘이어야 하고 더 나아가 다수여야 된다는 것을 그래야 누군가가 보아주고 들어주고 하여 그 사랑이 유지하고 커나가는 것을 나 자신도 사랑이 있었다. 사람을 긍휼히 여기는 마음의 사랑이다. 나는 정신을 못 차릴 정도로 살았다. 그 사람을 진정 도와주는 길은 그 사람 방향을 올바르게 가게 하는 길이다. 배부르면 좋은 생각을 할 수 없고 좋은 글을 쓸 수 없는 것이다. 다른 사람한테 말을 함으로써 길이 열리는 것이다.

사람에게 필요한 것이 다 땅에 있고 생활에 있는 것이다. 나쁜 속에 있다 하더라도 빛이 나는 사람이 있다. 시간이 있다는 것은 생명을 살릴 수 있다는 것이다. 겨울이었으면 내가 이 지구에 없을 텐데 따뜻한 계절이 살린 셈이다. 그리고 마지막 지점에 공감되게 해주는 사람을 만난다면 열매가 퍼지면서 세상이 피어난다고 봐야 하지 않을까? 내 안의 나란 어린이가 나와서 이제는 무서움이 덜하다. 내 안의 나란 어린이가 갇혀 있어서 그릇된 모양이나 반듯하지 않은 사람이나 모양을 보고 느끼고 생각하는 것은 고통이었다. 쉽게 말해서 나쁜 사람 돌덩이 아래에 깔리어서 말도 못하고 고통받고 살아왔다고 봐야 하지 않을까? 난 초월의 사람인가. 억제하면 초월의 사람인가. 어떤 상황에서 그런 그림이나 장면이나 소리가 떠오를 때는 보통처럼 사람을 대할 수 있을까? 그런 사람들의 말과 행동들은 앞과 뒤가 맞지 않는 어린이들로 보인다.

아이가 남의 집 항아리를 깼다면 어른의 모략일까 싶다. 엄마는 일이 무기인 것처럼 일을 놓지 않으시고 자신 몸이 헤질 정도로 일만 아시고 사셨다. 그런 반만큼이라도 자신을 생각하고 사셨더라면 얼마나 좋았을까 싶다. 그 생각의 잔상에서 빠져나오지 못할까? 내 머리 잔상에서 떠나지 않는 것 같다. 나쁜 인간은 빛도 가리게 하는 여자이다. 나란 아이가 외의 남자 엿보기라도 하는 것인 양 그들은 나를 끼고 있었다.

그런 학교 옛 여자를 떠오르면 칼날이 떠오르고 그 종교인 여자를 떠올리면 시체가 떠오르고 그런 잔상이 너무 힘들었다. 사라져 달라고 마음으로 위안하였다. 어린아이한테 그릇되고 잘못된 이는 이런 생각을 불어넣는 행동을 한다. 그런 어른이 무섭다. 그런 어른아이도 무섭다.

웬만하면 참고 넘어가고 봐주고 하다 보니 그래서 나를 더 상처 주고 내가 상처받지 않았나 싶다. 이런 잔상들이 순간순간 떠올라서 힘들기도 하다. 잔상이 내 머리를 가볍지 않게 한 것 같다. 나쁜 사람은 악순환에 체질이 되어 있다. 나쁜 교육인은 나쁘게 해놓고 좋다고 포장한다. 그런 인간이 다른 인간을 실망스럽게 한다. 부모 있어도 역할 못 하는 가정에서 사느니 떨어져서 사는 길이 인생이 나을 것 같다는 생각도 들게 된다.

강한 사람들 틈에는 절로 위축함을 느끼고 먹는 것은 소화되기도 어렵고 말을 많이 하지 못해서 잃고 산 듯이 지금은 그러한 곳에서 살았던 게 두려웠던 것 같다. 많이 힘을 잃었던 것 같다. 따뜻한 기운이 몸의 흐름을 정상으로 돌려놓은 것 같다. 자연의 바람의 기운으로 세포를 열어젖혀 앙금을 씻어내게 한 것 같다. 난 글이 나오기가 어려울 정도로 어려움을 많이 안고 살았다. 자연의 등에 기대어 이 글을 쓸 수 있는 것이다.

한편 나는 사람들이 안 되는 삶도 되게 살려면 이치에 도리에 안 맞는 길도 밀어붙이는구나 알게 됐다. 그러고 볼 때 여자들의 삶은 한낱 장식같이 느껴지고 남자 또한 그 삶에 받아들여 살 수밖에 없는 삶처럼 느껴졌다. 사람은 길을 들어섬에 따라 편안한 의자에 앉을 수도 있고 풀밭에 누울 수도 있다.

내가 안주할 때는 부모를 나무랄 수 없게 된다. 부모도 그만한 이유가 있겠지 돌아보게 된다. 부모가 나를 위해 음식을 입에 넣어 줄 때는 더없이 따뜻하다. 그런데 뒤에서 흉을 볼 때는 부모를 잊게 한다. 인간의 혼자만의 몫을 지고 돌아가게 되어 있다. 심장이 상처 입을 때 그대로 두면 아물 수 있다. 그런데 나쁜 인간 생각으로 찢어 대는 것은 치료되지 않는다.

인간 사람 치료는 되지 않는다. 그런 사람들 생각으로 내 배를 더 고프게 쥐어짠 것 같다. 그럴수록 사람들에게 가까이 다가가기 싫고 냉정해진다. 배고픔이 말을 하기 싫어지게 한다. 배고픔이 쓰리고 고통이 오고 쥐어짜는 듯할 때 더이상 사람에게 다가가기가 안 된다. 내 머리 위도 다른 아이들 머리 같다.

가려진 손이 사라져 간 느낌이다. 내 머리 위에도 하늘이 있다. 저 끝자락에 내가 마주할 수 있는 사람이 있어 마주한다면 난 벗이 생기는 것이다. 내가 절벽 아래로 떨어져서 우왕좌왕한다고 하자. 그 순간에 절벽에서 나와야 하는데 내 마음을 찢긴 사람 생각이 들어 절벽에서 나오는 궁리를 그 생각이 가로막는다면 그런 그들은 원수인 것이다.

종교에 몰입하는 사람일수록 무서운 것 같다. 돌아보니 너무 무서웠다는 생각이 든다. 난 예순두 해에 어둠의 그림자에서 벗어났다. 자연의 등불에 의해서 건지어진 셈이다. 정신이 중심이듯 사고가 아프게 되면 다른 신체도 아프게 된다. 인간은 잘났다고 드셀 필요도 없고 못났다고 위축할 필요도 없다. 인간은 뛰어나 봐야 인간이기 때문이다. 그런데 부모는 자녀들에게 차별 대우한다. 똑같은 마음으로 대해준다면 얼마나 좋을까?

그렇다면 평상심을 지닐 수 있을 텐데 말이다. 이제 부딪혀가면서 배운다. 실수해도 잘못해도 얼굴 따가운 일 같아도 바로 생각하고 고치고 되돌아보고 아무렇지 않다. 이런 생활이 난 어린 시작부터 멈춰버린 것이다. 그런데 이제는 바로 일어나고 바로 생각되지 않더라도 기분이 나쁘지 않은 것이다. 머릿속이 아무것도 없는 하얀 도화지 같은 느낌이다.

그들의 욕설은 아주 나빠서 어렵다. 나에게 향한 말들이 거슬린다. 그리고 **C.F.G**가 한 욕설은 그 당시 그 말들이 욕인 줄도 몰랐다. 아주 오래 시간이 흘러 깨어나기까지도 가물거렸고 험한 욕설을 배운 셈이다. 나란 아픈 사람이 무슨 글을 쓸 수 있을까? 그리고 그 독소남도 그 상대 여자를 잘 알면 나한테 구태여 확인할 필요 있을까? 나란 어린아이를 나쁜 사람 돌에 쏠리어 깔리게 한 거나 다를 바 없다. 그런 아줌마들은 그렇게 살아감에 소름 끼쳤다.

그중에 이런 말이 있다. 이런 그들의 말은 금기이다. 자살로 밀어내는 것처럼 느껴진다. 처음부터 의도가 나빠 보였다. 학교란 데가 그렇게도 안목이 없을까? 안목이 없어 보인다. 분수 넘치게 외로 뻗치는 그런 그들의 말과 행동들은 못 보아줄 정도이다. 비정상적으로 정도가 넘친다. 약관계인을 종으로 빗대고 그 상대를 무너지게 사용하는 말은 학교라고는 믿기지 않을 정도로 너무 얄팍한 사람들을 모아놓은 소굴로 느껴진다. 그런 말을 하는 C는 학교에 어울리지 않는 야한 옷차림으로 앞을 가로막고 말 자체가 소름 끼친다. 삶은 그런 아줌마들이 갈구한다는 것도 알게 됐다.

자연은 총천연색이기에 인간이 살 수가 있는 것이다. 인간은 살아갈 수 있는 것은 규제와 통제만이 인간 되게 살 수가 있는 것이다. 어떤 경우든 억울한 삶을 살지 않았으면 바람이다. 한 바퀴 돌아보니 그 안이 보이더라. 나쁜 사람이 깨닫기는 길이 멀다. 아니 나쁜 사람은 깨닫지도 모르고 갈지 모른다. 세월이 말해준다. 사람을 살리는 길은 선의 길이고 나쁜 사람의 길은 사람을 다치게 하는 길이라는 것을 세월이 말해준다.

세상에는 모두가 교육자일 수 있다. 눈감은 교육자도 있을 수 있고, 그리고 눈뜬 교육자도 있을 수 있다. 감싸주는 교육자가 있을 수 있고, 질타가 도를 넘어서는 교육자가 있을 수 있다. 이런 혼잡한 교육자들 속에서 살아가는 우리는 진정 참다운 자신을 어느 지점에 두고 사는지를 되돌아볼 수 있어야 한다. 얼마큼 진정한 참다운 세상의 교육자인가? 학습은 머리로 할 수 있다. 하지만 생활은 체력으로 하는 것이다.

억울한 게 위안이 된다면 진심한 마음으로 도우려고 하는 사람을 만나면 된다. 아이 마음은 세상 속에서 통할 수 있다. 마음이 그렇게 움직일 때가 있다. 긍정은 긍정의 마음으로 통하고 부정은 불편한 마음으로부터 통한다. 결혼하지 않은 사람 결혼하게 한 것이 죄였을까? 그런데 그들 마음은 더 약아 있었다. 줄 달아 이어진 듯한 결혼은 약은 사람들의 생각이었다.

그즈음부터 내 몸이 피폐하게 되어 음식을 잘못 먹었는지 모르겠다는 생각이 든다. 부모도 형제도 인척도 어린애같이 보인다. 난 항상 하나 아닌 둘을 건넨다. 그게 나쁘다는 것을 알았다. 하나를 주면 하나를 받아야 한다. 자신의 배우자와 자식보다 그 형제 자녀를 생각하는 것은 묘하다.

엄마는 자신의 인생만 사는 사람인가보다. 부모 만나는 것은 길잡이를 잘 만나는 것이라 생각된다. 많이 배우나 덜 배우나 못 배우나 이런 사람들이 그렇게 살구나 싶었다. 이런 곳에 발 디딘 내가 원망스럽다. 한편 그들은 몸에 배듯 아무렇지 않은 듯하였다. 표정 행동하나 바뀌지 않고 나를 대한 태도는 태연자약하였다. 어린아이한테 사나운 말을 해야 하는지 자신들도 자신들을 알지 못한 것 같다. 나쁜 말도 아무렇지 않게 말하는 사람, 낯이 두꺼운 사람, 나쁘게 몰아가는 사람, 나쁘게 하고도 가까이하게 하는 사람, 이런 사람들과 마주할 수 있는가? 난 세상에 악마가 있다고 생각한다. 어려서는 부모에 의해 아이가 자란다. 악인은 남에게 드러내지 못하게 상처를 입힌다. 그 상처는 말의 독이 되어 온몸에 미칠 수가 있다. 누구에게도 말하고 싶어도 말할 수 없는 상처를 낸다. 그 상처는 말하는 것도 기억을 잃게 한다.

그리고 그 상처를 말하면 어떤 누군가 다칠 수도 있다는 것을 감수해야 한다. 세월이 흘러도 자신만이 이겨내야 한다. 드러내더라도 누구도 다치는 걸 최소화하면서 감수할 정도밖에는 안 된다. 악인은 세상 나오기를 부당하게 나온 기질이다. 악마와 싸움은 인간이 상대하기는 어렵다. 악마는 악을 퍼트릴 수가 있고 상처를 지독하게 낼 수도 있다. 악마는 가장 약한 사람한테 다가선다.

인간이 악인으로 변질되어 막기 어려운 상황을 만들지 않아야 한다. 한편으로 그런 사람들이 어린애처럼 보인다. 그 순간 난 다른 사람은 전혀 느끼지 못한 세월 속에서도 내 발이 얼마나 나쁜 데를 디뎠으면 이같이 혹독한 삶을 살까 생각이 든다. 내 어린 시절 가정은 어둠 속 창고에 갇혀 있는 기분이다. 사고가 멈추어진다. 환경이 안 맞으면 재능을 바꾸어 살고, 재능이 안 맞으면 환경을 바꾸어 사는 삶이 현명할 것 같다는 생각이 든다. 이득을 위해서라면 자신을 속이며 사는 사람들이 많게 느껴졌다.

그 어떤 삶이 유리하다면 거짓도 통하게 꾸며대는 그러한 삶에 그런 사람들이 한낱 어린애로 보일 수밖에 없다. 인간으로는 쉽게 풀어질 수 없는 한계이다. 적당한 화는 생각이 바뀐다. 안 맞는 사람 주위에 있으면 떫은맛으로 사는 것이다. 난 어린 내 발로 불행의 문턱을 디뎠고 안 맞는 사람의 그림자들 속에서 내 눈을 가린 채 내 말을 닫고 심장이 멈추고 숨이 막힌 채 살아왔다.

자녀를 똑같이 대해주지 않으려거든 아이를 안 갖는 게 낫다. 피해인 아이가 나와서는 안 되니까. 말이 사는 힘인데 왜 말이 닫히고 말하기가 무서웠는지 그런 주위에 있어서이다. 그해에 여름이라서 나는 살 수 있었다. 나란 아이가 철인도 아니다. 신도 아니다. 수호신도 아니다. 보물단지도 아니다. 아주 약한 인간인 것이다.

억울하게 겪은 정신과 질병은 사람으로서는 치료하기가 어렵다. 살 수 있는 운명이면 자연에 의해 건져지게 된다. 이왕이면 아프지 않는 게 훨씬 좋다. 남이 알아주기도 어려울 뿐 아니라 이해시키기도 어려운 것이다. 인간 마음이 그렇게 넓지 않다. 더 나아가지 말지어다. 스스로 깨달아라.

한 번 인생 두 번 세상에 오지 않는다. 독 바가지를 하루 만에 씻었다고 행복이 하루 만에 채워지는가? 그렇다면 그건 모래섬에 불과할 뿐이다. 부모 만나는 것은 양쪽 부모를 잘 만나는 것은 하늘의 별 따기 같단 생각이 든다. 아이는 어찌하기가 어렵다. 부모 손에 좌우될 수 있다고 생각된다. 인간의 힘에는 똑똑한 사람도 자처함도 제 길로 갔고 나에게 이득도 미치지 못하였다.

약 양은 감소했지만 이전의 약이다. 여러 번 원고의 수정은 어쩌면 이전 약과 이전 약 관계인의 두려움 후유증의 소치인 것 같기도 하다. 나는 사람이 어떠하게 살아가는지를 뼈저리게 느꼈다. 어떠하게 고통이 오는지도 어떠하게 고통을 주는지도 알았고 자신이 상처를 입히는 가해자가 피해자가 안 되기 위해서도 어떠하게 다가오는지도 알았고 어떠하게 뒷걸음 하는지도 알았고 어떠하게 세상에 나와서 살아가는지도 느꼈다.

삶이 주어져서 그릇됨이 어떤 건지 느꼈고, 살아가기 위함이 주어진다면 어떠하게 올바르게 살아가는지가 맞는지도 느꼈고, 내 뼛속에서 응답이 주어지는 것 같다. 뼛속이 말해주는 것 같다. 그동안 이전 약으로 말이 닫혀서 숨이 막혔다고, 그리고 그 약의 손길도 그 어둠의 손길로 약으로 가게 해서인지 그 손길도 느꼈는지는 모르지만, 사람이 미칠 수 있는 한계는 이미 지나가버렸다는 것을 아무리 강한 힘을 가진 남자도 날렵하고 교태 많은 여자의 현혹을 보지 못하는가 보다.

그래서 이 지구에 남자란 존재는 하등의 여자 치마에서 자라나야만 하는 어린 자녀에 불과하다는 것을 느끼며, 이 지구 상에 똑똑한 여자도 없으며 똑똑한 남자도 없으며 살기 위해서 수단과 방법을 가려서 살아갈 수밖에 없는 아주 약한 존재라는 것이다. 아픈 두려움은 인간의 선에서는 하기가 어렵다. 그런데 자연의 등불이 사람들에게로 나아가게 하였다.

# 10.

# 풀벌레는 지저귄다

새해 첫날에도 괴물 같은 인간 생각에 내 마음을 슬프게 한다. 나의 정신을 바로 서기 위한 것이다. 다음에는 흐트러진 삶을 살지 않기 위해서이다. 시간에 의해 내 마음이 숙성되었다. 나는 힘든 일을 하지 못한다. 어김없이 사나운 느낌 같은 인간이 끼어들어 오는 느낌을 항상 받는다. 그러면 정신이 깨지게 된다. 내 손에 얹어진 물건도 안중에 없이 놓게 된다. 내가 정신의 약을 안 먹기 전에는 오고 가며 일을 보고 청소하고 집안일을 해도 짜증 나지 않고 힘겨운 소리가 나오지 않았다.

그런데 지금은 한 번 아닌 두 번만 연속 힘겨운 일을 하든지 말을 하면 몸에서 반응이 자동으로 나온다. 이제는 어려운 것이라는 것이다. 이처럼 안 맞는 느낌의 사람이 가로막거나 곁에 있거나 주위에 있거나 거스르게 하는 것이 그렇게 된 셈이다. 견디고 사는 나의 인생은 철인 이상만큼 강하다. 항상 숨죽이며 사시는 엄마. 그동안 나의 세월 많이 가로막고 살았던 그 영혼. 이제 내 몸이 오슬오슬 떨림을 내놓는다. 말이 살아 있는 것이다.

이제 그 영혼은 옳지 않게 살은 자신의 삶을 내어놓아야 사는 것이다. 불안이 멈추면 사람도 멈춘다. 나는 돈 내고 안 좋은데 가서 안 좋은 일을 겪었다. 인간은 내 그늘에서 쉴 수 있지만 난 그럴 수 있을까? 같은 생각은 같은 입맛을 느낄 때고 다른 생각은 다른 이상을 가질 때이다. 좋은 글을 쓰는 것도 좋지만 좋은 부모 사랑이 더욱 최고이다.

태어남은 인간의 흔들리는 바람에 의해 태어난다. 인간을 처음에는 탓하나 시간이 흐르면 탓할 마음도 없어진다. 깨달음도 설 수 있을 때 깨달음이 오는 것이다. 주저앉게 되면 깨달음도 느끼지 못한다. 이해는 생각과 사고를 바꾼다. 아이가 크면 친구이고 가족이 된다. 무서워 말라고 내가 무서운 걸 겪었으니까 다음엔 나타나지 말라고 사회 다양한 변화를 통해 내 아픔을 드러내는 것이라 생각된다. 세상이 좋게 변화되기 위해서이다.

향기가 있어 사람들이 살아가는 느껴지는 날이었다. 그래야 시작이 되듯이 질서가 잡히고 돌아가는 것이 제 질서로 돌아가게 한다. 벌은 짓는 것만큼 받아야 하고 아침이든 어떤 시간이든 벌은 말해야 하고 그래야 더러운 물은 걷히고 새로운 시작이 새로운 세상이 된다. 인간이 되는 것이 낫느냐 철면피가 되는 것이 낫느냐 이것은 시간의 관계없이 질서가 제대로 잡히면 인간다운 세상이 될지도 모른다.

제 그릇에 아닌 것을 담으면 덜어지기 마련인 법이다. 세상 구석구석에 있는 사람들이 잘살 수 있는 세상이 되면 좋겠다. 우리는 괜한 선한 사람을 악의 길로 몰고 가는 일은 갖지 않았으면 좋겠다. 올바른 의문을 가지고자 하는 사람들이 많아서 좋은 사회의 텃밭을 만들어 갔으면 좋겠다. 억울한 삶을 마치는 일이 멈추어졌으면 좋겠다. 좋은 모습은 나쁜 것을 상상할 수 없다.

그늘은 상처 입고 다쳐도 소리가 없고 다 닳을 때 소리가 난다. 화려함은 쉽다고 말을 하는 사람에 의해 발을 잘못 들일 수 있게 한다. 결혼도 화려함 이고 부부 맺음도 화려함이다. 이들은 보통의 사람이다. 내 배에 힘이 들어가지 않을 때는 오욕이 닿지 않을 때이다. 얼마나 배에 무거운 힘을 누른 채 살았는가. 이 무거운 배 힘을 벗어버리기까지 발을 돌린 사람들이 많았다는 것이다.

대화가 어렵다. 가장 어렵게 느껴진다. 말을 잃어버린 느낌이다. 바람의 아이는 두리번거리지 않는다. 이건 당신 것이 맞소. 당신이 주인이요. 그러니 당신이 가지는 게 당연한 거요. 할 때 삶의 활로를 느낀다. 말의 그리움은 서로 통할 때 길이 열리는 행복이랄 수 있다. 수만 그루의 말로 나에게 상처를 낸 화려한 사악한 자의 그들의 입은 그들 스스로를 구멍 내는 셈이라고 말할 수 있다.

어려서 초등학교 담임 선생님은 저의 미래를 받쳐주신 것인지 저를 자리에 잡아주신 것 같다. 교육은 부속에 가까운 것도 모른 진정한 교육이란 자신의 양파를 벗는 것이다. 자녀는 내가 어차피 너를 세상 속으로 오게 했으니까 갈 때는 함께 지구 잡고 갔으면 좋겠다. 어떻게 보이느냐에 따라 취하고 살아간다. 빵이 돌로 보인다면 취할 빵도 못 얻을 것이고 내 배를 굶게 되는 것이다. 산이 아름다워 보일 때가 있고 그 자체로도 아름답고 힘이 있어 보일 때가 있다.

어떠하게 제대로 보이는가가 취할 수 있고 못 취할 수 있는 것이다. 부부는 둘레에 두는 약속이다. 자연이 인간과 함께 어우러져 아름다워 보일 수가 있는데 어느 때는 자연 그 자체로 아름다워 보인다. 알지 못하고 생각해주고 위해주는 것은 잘못된 생각이라는 것이다. 생명을 중시하는 사람은 부자란 것이다. 반면 경쟁을 좋아할수록 유익하지 않은 사람인 것이다. 하늘은 언제나 열려 있었다. 그런 유형이 손바닥으로 하늘을 가리고 있었을 뿐이다. 암흑의 사람인 것이다.

태어난 이유대로 여정을 밟고 살게 될 일이 되나 보다. 한 번에 큰 짐들을 겪었다. 그런 기분이다. 좋은 것은 말 없음이더라. 상대가 나쁘면 나쁘다고 말하는 것이 권리이다. 다른 피해자를 안 만들기 위해서이다. 좋은 사람들 틈 속에서 사는 것이 좋은 결혼을 하는 것처럼 재미를 느끼며 사는 것이다. 이제는 사람들과 말을 나누는 것이 아름답게 느껴진다. 내가 떠나도 사람들이 질서가 잡혀 산다면 그 사람을 기억하고 좋은 감정 남으면 좋은 것이며, 경험도 나누는 것이 되고 공감하게 되고 하는 것이다.

이 아름다운 자연 속에 사람이 좋아 보인다면 내가 사라지는 날에는 세상은 백배 아래로 보일 것이다. 인간은 자신이 보여진 대로밖에 살 수 없는 것이다. 인생은 다른 물질이 들어와서 요동치는 것처럼 보이지만 본래로 돌아간다. 맑음의 심정이 다치면 사회도 다치는 법. 길은 그만할 때 가는 것이다. 인간은 남의 인간 관리해주고 보호해주기보다 뺏어 갖는 것이 더 재밌어 보인다면  어쩌면 그게 나을 것 같기도 하는 이런 인간의 생각은 어느 때 일어나는가?

알아주는 사람을 만나려고 애쓰지 말자. 이해시키지도 말자. 이해를 구하지도 말자. 내 정리 내 정돈 잘해 두고 갈 때 잘 가면 되는 것이다. 소화력이 약한 나는 사람 상대하기가 굉장히 어려운 것이다. 건강한 몸만 물려받아도 살아가는 데 매일 먹어도 질리지 않을 것 같은 음식을 아무런 말도 아무런 생각도 떠오르지 않게 정상임을 느껴보고 싶다. 인생은 대개 1막에 끝난다. 2막은 운에 맡기는 삶이다. 내가 어떤 광장을 만나느냐는 운이다. 내 얼굴 피부 오감을 살짝 느끼더라도 우주의 기운이 느껴지는 것처럼 생각의 줄기가 펼쳐질 수 있다. 소통은 회전하며 목적지에 이르게 하는 것 같다. 소박한 사람이 세상을 움직이는 것이다.

이제 사람 가운데에서 사람과 함께하는 것이 좋은 것이다. 어려서 잘못 발을 이동한 것이 죄였을까? 잘못 이동이 땅 위의 음식을 취할 수가 없이 살았다. 사는 것은 생명력을 느낄 때이다. 한낱 잎이 줄기를 타고 뿌리가 닿을 때까지 산다고 생각한다. 소박한 생각은 세상을 있게 한다고 생각한다. 내 아이적 어릴 때 아이 잃어버릴 뻔했다. 그러면 살아도 두 번 죽는 셈으로 사는데 하늘이 도왔다. 내가 인간으로 내려와야만 그들 얘기를 꺼낼 수 있다. 인간 위치에 놓여야만 얘기가 가능하다. 아이라도 아이 손에 거저 얻어질 수는 없다. 스스로 먹거리를 얻기 위한 삶이다. 인간은 아이로부터 나아가서 어른에 이르기까지  자연은 어떤 사람 마음에 담아질까.

글을 쓰는 것도 두렵다는 것에 어느 때는 공감이 가기도 한다. 내 마음속 얘기를 드러낸다는 것에 두려움을 느끼지 못한다는 것은 내 진실의 감정 그 자체이기 때문이랄 수 있다. 아이는 해로움도 끼치지 않는데 앞서 아이를 해할 생각으로 사는 어른인 인간은 생존하기 위해 사는 인간으로밖에 보이지 않으며, 보이는 것이라곤 울타리 안의 사람이다. 제일 믿을 수 있는 것은 건강하게 태어나면 그 건강을 자산으로 동반자가 되듯이 살아가는 것이 가장 믿음직한 자산이랄 수 있는 것이다. 보기 좋아 보인다고 벗이 되어서는 안 된다.

쓰러져도 정신 차려야 한다. 넘어져도 정신 차려야 한다. 내가 일어서야만 한다. 이게 사회이다. 잘못된 잉태는 사람이 안 맞으면 나와서는 안 될 아이가 들어서고 건강하게 적응이 어려운 아이가 들어설 수 있다는 것이다. 인간은 무한한 대지만큼 무한한 생각을 가질 수가 있다는 것이다. 좋은 뿌리는 생명력이 무한할 수 있는 만큼 어리석은 인간은 가만히 놔두지를 않는다.

부모가 깔아놓은 마당에 내 아이가 앉고 눕고 먹고 하는 것을 볼 때 부모는 전부가 된다. 좋은 사람은 겸손한 자 근처에 있는 것이다. 잘못된 사람은 상대방에게 팔을 무리하게 쓰도록 해서 피폐하게 한 자이다. 권력의 냄새를 맡은 아첨꾼이나 간신뱅이는 있다. 순수함 근처도 간신뱅이는 있다. 가장 심술 많고 질투 많고 하는 엷은 외의 글을 쓰고 팔을 소모하게 한다. 거짓된 자 근처는 말을 닫는 것이 제일 약효이다. 고약한 사람 근처 옆에는 장애 될 확률이 높다.

화려함에 가리어져 바로 눈뜬 사람은 많지 않기 때문이다. 거짓된 자 근처는 팔을 소모할 일이 생기고 눈을 혹사할 일이 생기고 마음 아플 일을 겪게 한다. 진실되고 겸손하며 마음이 큰 사람이 있는 반면에 화려하고 고약하고 간 큰 사람도 그늘에 많다. 이제 사람들과 함께 살아야 한다. 사람들과 교류하며 살아야 한다. 사람 속에서 살아야 한다. 평화로운 세상 속에서 살아야 하는 것이다. 반 세월이 흘러 자연으로 하여금 마음이 많이 아물었다.

늙어버린 싹은 어린싹을 탐을 내게 된다. 두 정신을 왔다 갔다 한다. 잘 아는 척 건드렸다가 또 갑자기 다른 한편에서 내 심사를 건드리며 알 수 없는 말을 한다. 그 순간 내 심사가 흔들리고 안 편하다. 거짓된 심사는 이런 것 같다.  거짓으로 얻고 쌓은 것은 그만큼 불안함을 느끼기 때문이다. 거짓으로 얻는 것은 놓아주고 싶지 않기 때문이다. 거짓 근처는 있지 말아야 한다.

심사가 흔들리기 때문이다. 건드리며 지나치는 말에는 공통심사이다. 땅은 독 속에 있는 꿀과 같다. 좋은 꿀을 얻기 위해서는 나쁜 독을 깨뜨려야 한다. 글은 나쁜 사람들 때문에 지어진 장식이랄 수 있다. 나라가 살려면 종교도 변해야 한다. 그런 이들은 울지 못하고 소리 지르지 못한 아이를 죽을 정도로 괴롭힌다는 것이다. 아이는 뭐라도 자기 일을 하지 않으면 두려우니까 함에도 주변들은 그걸 이해 못 하는 것이다.

물고문 받은 사람이 숨도 쉬지 못하고 말도 하지 못하고 울지도 못하고 그런 느낌이 어떤 느낌인지 내가 겪었다. 누구 하나 어떤 것도 해줄 수 없는 상황을 어린 나이에  온몸을 조여오듯이 이 느낌을 나는 겪었다. 인간은 나쁜 촉을 내려야 하고 인간 기질은 자신 기질 안에서 사는 것이 제일 좋다. 그리고 부조리가 한계를 넘어 나쁜 기질을 만들어선 안 된다. 타설로 애매한 어린 인간 몸을 뚫듯이 한 말이나 행동이라면 그건 인간 같지 않은 입이라고 할 수 있다.

말이 생명의 도구인 반면 화약의 도구이기도 하다. 공감해주는 한 사람이 있다면 막힌 것도 열린다는 말이다. '아이를 신처럼 생각하고 모든 것을 얻어야겠다.' 하고 나쁜 짓을 하여 그 세월을 사는 이런 사람은 괴물 같은 인간이랄 수 있다. 집안에서 외면받은 자식이 오히려  그 자식으로 인해 다른 자식들이 살아가는 이런 상처 구조도 있다. 세상은 자연을 통해서 인간을 통해서 깨어나는 것이 교육이라고 할 수 있다. 마음에 위안이 되어 이 글을 나타내는 것은 우리 사회에 소금이 되는 사람들이 있기 때문이다. 힘이 들어도 나의 자리에 있는 것은 순진무구한 사람들이 있기 때문이다. 인간이 작아짐을 느낀다. 인간과 어울려 남은 삶을 살게 되더라도 남겨진 것은 자연의 호흡으로 살았다는 것이다. 그게 남겨진 것이라면 남는 것이다.

여자가 나쁜 마음으로 접근할 때는 야한 어울리지 않는 상황의 옷차림으로 나타내 보인다는 것이다. 욕도 화도 모르는 순진무구의 나란 아이가 땅에 있는 느낌이다. 반 인생까지 살면서 명절다운 명절을 지낸 적은 없게 느껴진다. 내가 흐느적거릴 때 중심을 잡아주는 것은 바람이었다. 작은 공기가 말이 통한다. 그러므로 사회가 변화되는 것이다. 사회가 변화될 수도 있는 것이다.

나란 아이가 힘이 있었다. 그런데 잘못 디뎌서 잘못 소비돼 버린 것 같다. 그 직업에 맞는 언어 사용자가 그에 맞는 직업인으로 갖추고 산다. 잘못된 생각을 가진 사람들이 사치처럼 비치게 하는 행동들은 하지 않았으면 바람이다. 어려서의 운명은 부모 손에 있는 것이다. 그것을 넘어서는 초월의 운명이라고 말할 수 있다. 그러므로 충분히 마음껏 잘 살라는 것이다.

순수를 모욕하면 잘못되는 것이다. 잘못되면 아이는 인생의 영원한 상처를 잘못 디뎌 낙오된 삶을 살게 되는 것이다. 나의 글을 보지 않아도 통하는 사람이 제일 좋은 것이다. 단지 글은 내가 가깝다고 느껴지는 사람한테 알려주기 위해서일 뿐 글 없어도 통하는 사람이 제일 낫다. 마음 해소는 글뿐이 최선이어서 자신을 다독일 수 있는 것이기 때문이다. 나의 가정에서의 대화는 어쩌면 별로 진심이 깃든 말로 들리지 않았는지 모르겠다는 생각이 든다. 그래서 대답도 질문도 없이 지냈는지도 모르겠다.

그 오랜 세월을 닫고서 입에 곰팡이가 맺히겠다는 소리가 지금은 내게 어울릴 정도로 와 닿는다. 엄마는 남 같았다. 그런 느낌이었다. 어려서부터 그랬었고, 사는 동안 그랬었고, 가실 때도 그랬었다. 그래서 말씀 없으신 엄마가 무서웠던 것 같다. 난 직접 가정에 돌아가는 일을 엄마를 비롯하여 나에게 알게 해주는 사람이 없었던 것 같다. 나의 느낌으로 살아온 누적된 감정으로 쌓아온 피부 느낌으로 이 글을 나타내고 있는 것이다.

사람 집단 틀에서 다른 그릇된 특징을 가지고 어긋난 행동으로 나아가는 삶은 끊어내는 것이 좋다. 무법인처럼 사과를 배, 귤 이런 것 따위로 멋대로 말하는 이가 있다면 그 길은 끊는 것이 좋다. 내 아이가 어떤 특징을 가졌든 어떤 버릇을 가졌든 아이만의 어떤 방법으로 자신을 보호하는 방법을 가졌든 부모가 아이의 방법이 마음에 안 들어도 내 아이를 지켜주고 보호해줘야 하고 내 아이는 보호받아야 한다.

지하철의 사람이 차 있으면 온기를 느낀다. 차이를 느낀다. 다음 세상에 온다 해도 나는 대학은 안 갈 것 같다.  발산 자체가 창밖의 바람을 맡는 기분이다. 시원한 호흡 느낌이다. 필요한 것은 취해서 그 자격을 갖추면 되고 겉이 달라도 속이 같으면 그 겉과 만나는 것이다. 음식이 숨, 호흡이라고 음식은 아무하고나 같이 먹는 것이 아니다.  어려서 나는 묶인 마음 느낌으로 살았던 것 같다. 그 아픔이 돌처럼 굳어서 숨이 멎는 것 같은 느낌 아닌가 생각이 든다. 난 어린이로서 옆에 간 것뿐이었다. 그때 어린 나이지만 돌아서서 잘못 디뎠다는 것을 마음 찢기도록 아팠고, 그 후 쓰라린 마음 가슴에 영원히 새겨져 그 어린 시절 곁에 살아도 말 없는 삶이 지옥 느낌이었다. 오로지 아이는 스스로 자신을 지켜야 하는 것이 그런 어른 욕심이 아이만도 못하다는 것 깨달음이었다.

인간의 어떤 혼란은 혼란을 가져오고 그 혼란이 꺼져야 사라진다는 것이다. 화려한 세계에 다친다. 화려한 남녀는 상대를 안에 가두는 법이다. 나는 항상 건강하다고 말할 수 없다. 내 몸은 아픈 흔적으로 가득 차 있는 것 같기 때문이다. 나는 현실 아닌 현실을 넘어 경계선 위의 얘기들이 주다. 그래서 딱히 사람들과 나눌 수 있는 얘기가 적다. 부모 자격증이 있는 것이 낫지 않을까 생각이 들게 한다.

화려함에 다친 흔적은 낫지 않는다. 자연의 바람에 의해 해소될 뿐이다. 말도 깃털처럼 날아가듯이 통한다. 한 차이가 생명을 건질 수가 있는 것이다. 태초에 땅이 만들어지지 않았을 때는 남자의 인생도 여자의 인생도 아니었다. 그런데 땅은 여자의 인생을 나타낸 것이다. 누구나 하는 결혼은 좋은 부모가 될 수 없고 좋은 아이도 양육 못 한다. 나는 말로 살고 싶은데 글만 나타내야 할까. 팔 아프게 말이다. 수호신 아닌 나를 짓눌러가며 수호신 짓밟듯이 그들은 살았다.

안 좋은 사람이 있을수록 사회 수명은 짧아진다. 사람들이 좋으면 10년 살 것을 20년 살고, 사람들의 행위가 나쁘면 20년 살 것을 10년 살다 가는 것이다. 그 행위에 따라 더 살고 더 못 사는 것이다. 좋은 사람이 있을 때는 세상을 응원하게 되고, 안 좋은 사람을 볼 때는 세상이 슬프게 느껴진다. 결혼해서 출산하고 삶을 영위해서 나중에 지옥을 가기보다 단독으로 잘 살다가 천국으로 가는 것이 낫다면 어느 삶이 좋아 보이겠는가?

사람들을 태우는 지하철에서 느낀다. 대한민국 사람들의 목숨은 무엇에 좌우될까. 각자의 상상에 맡긴다. 나는 거리에서 주저앉아 머리가 어지러워서 말은 나오지 않았고 항상 이마가 지끈했다. 삶은 배고팠다. 그런 아줌마들은 무서웠다. 그렇게 느껴진다. 잘못 굴러간 보석도 절대 내놓지 않을 정도이다. 보석을 내놓지 않고 취하면 죽을 때까지 뺏긴 사람은 배고파 죽을 수 있다.

남의 것도 제안으로 들어오면 취하고 내놓지 않을 정도로 무서울 정도로 사납다. 근처에 가기도 두렵다. 그런 이유로 그런 남 아줌마 아이 가까이하기도 무섭다. 내가 어릴 때 엄마가 나를 병원에 데려가실 정도면 좋았을 텐데 생각이 든다. 기억이 오래되면 잊을까 봐 이 정도라도 나타내고 싶어서이다. 나는 돈 버는 일은 못 한다. 내 현재 생활이라도 잘하기 위해서 배우고 익히는 것이다. 엄마가 내 표정만 잘 살피셨어도 좋았을 텐데 외돌토리처럼 산 것처럼 느껴진다.

엄마는 사시는 일밖에 안중에 들어오지 않으셨나 보다. 열 명의 사람이 있다 한다면 나만 다르다 생각하자. 다른 사람에게 없는 면을 내가 갖고 있다. 나를 좋아하고 나와 함께하여 준다면 난 그걸로 열 명과 하나가 되는 느낌의 감정인 것을 이루게 되는 것이다. 그래서 만족한다면 더 할 생각도 없이 열심히 살려고 했는데 나쁜 사람들이 나의 노력의 힘을 앗아갔다. 이제 사람 소리도 들어오고 감정도 들어온다. 쉼이 위안인 것 같다. 휴식이 위안인 것 같다. 그들은 어떤 상황에 아이가 울지 않으면 어린아이로 보지 않는다. 어른이 자신처럼 아이를 상대한다. 겉가죽만 아는 사람 같다. 눈물이 나올 때는 이렇다. 파노라마같이 기억이 흐를 때이다.

나 경우는 항상 쫓기듯이 살아온 인생 같다. 주위에 안정되게 해준 사람도 없고 오히려 내가 의무처럼 다른 사람 챙기는 생각을 갖게 되고 사는 인생이었다 생각된다. 어려서 나의 집이 안 편하다 보니 인척인 집에 생각지 않게 딛다가 안 볼 것을 보고 뒤돌아 나와 자유롭지 않게 살아온 것처럼 느껴진다. 그 남이 뒤쫓아와서 내가 피해 달아나듯이 몸은 멀리 피하지 못하는데 마음은 피하지만 옭아맨 느낌으로 살아온 것 같다. 그렇게 느껴진다. 많이 주어지지 않았다고 생각하면은 태초를 알라고 느껴진다. 부모를 잘 만나면 든든한 복이다. 친우는 맨손 위의 장갑 같은 것이라면 내게 주어진 운명은 부임받아 가는 항해와 같은 것이라 느껴진다. 사람들로부터의 오욕을 발산하지 못하니까. 가슴이 뛰고 머리가 띵하고 숨이 뛰고 반면 몸이 뛰겠는가?

인내심 많은 사람한테 성질 나쁜 사람이 들러붙을 수가 있다. 나쁜 이들은 태연하게 나쁜 언행이 나온다. 이런 괴물 짓은 잊는다고 잊히는 게 아니다. 아니 잊는다는 것이 오히려 독이 된다. 그 구멍들 다 메꾸는 시간들이 반 인생이다. 내가 세상을 잘 살아가기 위한 약속이면 되는 것이다. 세상을 잘 만나느냐는 내가 앉을 자리 누울 자리 음식 취할 자리를 잘 자리 잡는 것이라 말할 수 있다.

깨끗한 사람이 자연과 합일하는 것이다. 한 사람한테 통하면 통한다. 통함은 뚫리는 길이다. 한 사람의 인생이 치임을 뺑소니라 한다면 다수 인생의 상처는 교통대란이라 할 수 있다. 도둑 눈을 더 키우는 꼴 밖에 땀 흘린 자만이 얻을 수 있는 것이다. 조물주가 볼 때 인간은 철부지 어린아이다. 신은 땅에서는 살 수가 없다. 내가 세상에 없다면 그리고 코로나가 왔다면 그리고 더 어려워진다면 아무것도 모르고 간다면 알 수 없이 가는 것이다. 그렇지만 좋은 것은 좋도록 빛을 내는 것이다.

상대방을 잘 만난다면 운이 있어야겠지만 내가 못해도 그 전에 내가 무슨 상식이 부족했는지를 돌아보는 것도 중요하다는 것이다. 알지 못하고 남의 흠집을 늘어놓을 때는 세상 세계에 퍼트리는 사람이 있는가 하면 자신 목숨 살리기 위해서는 개미구멍으로 들어오는 이중 면모를 가진 인물도 있다. 못해도 사람 잘 만나면 살고 잘해도 사람 잘못 만나면 가는 게 세상이다. 서툴러도 내 진실한 마음을 알아주는 데가 나은 곳이다.

세상은 너도 살고 나도 살고 그 누군가도 살고 여기도 살고 저기도 살고 그 어딘가도 살고 있는 이 땅은 높기도 하고 넓어서이기도 하다. 그래서 사람들은 살아간다. 한 사람이 한 사람한테 수고해 벌어들이는 것이 세상이다. 제일 나은 것은 부모 손에 병원 가는 것이다. 바보는 옆의 유능한 사람을 바보로 만들지만, 그 바보는 옆의 유능한 사람으로 인해 산다. 욕심은 지혜를 잃고 지혜의 사람은 바보를 눈뜨게 한다. 좋은 뿌리는 분수처럼 솟아오른다. 반면 나쁜 뿌리는 쳇바퀴 돌아 갉아먹고 뼈를 삭게 한다.

# 11.
# 자연의 선물

## 자연 인간으로 돌아오다

이 글은 삶의 맥과 연결되어 있다. 나에게 지난 세월은 인간으로서는 견디기 어려운 세월이었다. 이 세상에 나만 한 무게를 지니고 견디는 사람이 없다 싶을 정도로 마음이 힘들었다. 난 약 용량이 많았다. 그럴 수밖에 없었던 게 사람 먼지 때문이었다고 생각된다. '저승의 사자한테 불려 왔구나.'라는 마음이 들게 될 정도였기 때문이다. 괴물 인간은 이런 생각이 들 정도로 틈새로 파고든다는 것이다.

엄마는 내 말보다 다른 여파의 말에 기울었던 것 같다. 내 마음이 그런 그들로 인해 갈기갈기 찢겨 있다는 것도 아셨던 것 같다. 그리고 나는 엄마의 생활 물품에서 내 마음이 찢겨 있다는 것을 느꼈다. 부모님으로부터 건강한 몸만 물려받아도 감사하고 자산이란 생각이 든다. 엄마는 나란 자식을 붙들지 않으면 안 되는 삶을 살 수 없는 것을 느꼈고 난 어린 아기처럼 그렇게 엄마의 붙들림에 의해 살아온 것 같다. 싸움도 보았고 포기도 느꼈고 되어간 대로 삶도 느끼었다.  쫓기듯이 생활 글을 써왔던 것 같고 학습도 그렇게 한 것 같다. 그 괴물 기억을 잊을 수 있어서 살 수 있었다. 신 같은 사람은 땅에서 살지 못한다. 인간이 그만큼 하다는 것이다.

겪어본 바 정신의 약은 아주 어렵다. 약이 절대적으로 느껴질 수가 있으며 반면에 무관심으로 자신을 잊게 될 수도 있는 것이다. 어느 순간이 되면 막 다른 지점에 다다르기 때문이다. 이때 전환이 잘되면 좋은 것이다. 극소의 변화가 올 수 있기 때문이다. 유아기 어린이 때 아팠기 때문이다. 약이 사람한테는 중할 수가 있다. 어느 지점에 가서는 약이 불편할 수도 있고 다른 어느 지점에서는 약이 궁하게 느껴질 수도 있다. 몸의 흐름에 따라서 변화되기 때문이다.

어려서는 내 이마가 지끈 지끈 아프면서도 말할 줄을 모른다. 몸의 흐름이 막혀 있기 때문이다. 어렸기 때문에 젊었기 때문에 이따금 취한 음식으로 견디어 온 것이다. 난 약으로 외롭고 고독하게 살아왔다. 어쩌면 약으로 인해 내 몸으로 감싸고 있는 그런 티끌 사람들을 약으로 막고 견디었는지도 모른다. 그런 먼지들이 센 약을 끌어당기기 때문이다. 이제는 그런 티끌 사람들의 먼지들이 많이 걷어졌기에 센 약은 닿지 않은 것 같다.

아무리 힘들어도 아무리 괴로워도 아무리 고통스러워도 감당치 못할 선택은 피해서 사는 게 좋은 것이다. 약은 세다. 그래서 약보다 센 음식으로 취해야 한다고 내 경우는 생각된다. 음식만큼 뇌에 좋은 것은 없는 것이다. 시작만 잘 잡으면 센 약은 피해 갈 수 있을지도 모른다. 난 사람들의 스트레스에 무서움에 불안에 억눌림에 자연히 올바른 방식처럼 약 길로 향하게 했다. 내 두통을 때리는 느낌 때문이다. 내 소화를 누르는 느낌 때문이다.

이처럼 사람 공기의 스트레스는 센 약으로 가게 한다. 그렇다고 완전히 낫는 것은 아니다. 더 도진다. 그럴수록 의식을 못 찾게 되고 더 약을 세게 취한다. 내가 세계를 통해서 느꼈다. 인간이 인간다웠으면 좋겠다. 기본을 잃지 않고 사는 인간들이 사는 세상이 되면 좋겠다. 이제 사람들의 작은 아픔도 아프게 느껴진다. 반복되면 더 쓰리고 아픈 느낌이다. 남 일이 남 일 같지가 않은 것이다. 이제 삶도 느끼고 아픔도 느끼고 사회도 느끼고 세계를 느끼기 때문이다.

정신의 약은 예상치 않은 방향으로 바꿔간다. 마음에 없는 길로 가기도 하기도 하고 마음에 없는 말이 나오기도 하고 마음에 없는 사람을 만나기도 하고 마음에 없는 당황한 일을 겪기도 한다. 이겨내지 못하면 정신의 질병으로부터 빠져나오지 못할 수도 있다. 정신 약은 이런 길을 예비할 수 있다는 것이다. 부모라면 기본 배움은 길을 갈 때 표지판을 보고 목적지를 향해 잘 갈 수 있게 하는 것이고 아플 때 병원 찾아가서 아픈 곳을 잘 말할 수 있게 하는 이런 기본이 갖춰졌다고 본다면 부모 탓을 할까 싶다.

엄마가 너무 답답하고 지혜롭지 못하셔서 내 마음이 슬픈 것 같다. 이제 누그러진 마음으로 잔잔히 잠겨있는 속마음을 꺼내보고 싶다. 아직은 내 마음이 개운하지는 않은 것 같다. 기본 공부라도 하시지 엄마는 내게 힘든 글을 쓰게 하시는지 이런 무거운 짐을 짊어지도록 하신 것 같다. 악몽도 사람으로부터 온다. 사람의 악몽은 질기다.

힘들 때 어느 자리에서든 자연을 향해 말해보라. 되뇌는 순간 가벼워짐을 느낄 것이다. 아름다운 자연을 볼 수 있다는 게 인간만의 특권인 것 같다. 안 적고 기억으로 살아갈 수는 없을까? 고통의 땅에 있기에 적을 수밖에 없는 걸까? 맑은 물이 떠나면 흐린 물이 온다. 이 흐린 물을 맞지 않으려면 적당한 사람을 적재적소에 써야 한다. 알맞은 사람이 제자리에 있어야 한다는 말이다.

그들이 바른 사람이라면 아닌 밤중 나한테 나타날까? 나를 잘 알지도 않으면서 잘 모르는 나를 잘 아는 것처럼 그런 방식으로 나타나서 그런 말을 할까? 불현 듯 나타나서 그들의 치욕 기억을 일으켜 나를 흔드는 심보인지 앞으로 세대의 미래는 형식적인 실력만으로 교육자를 뽑지 말고 진정한 다른 사람을 위해서 사는 교육자인가? 남에게 베풀듯이 사는 사람을 고용한다면 나쁜 마음을 사용하고 과시하며 사치로 삼기보다 진정한 사람인지를 먼저 고려해보고 사람을 고용해야 한다고 생각한다.

인간 세상에 살다 보면 중심을 잘 잡아야 한다. 부모에게 바로 말을 할 수 없을 정도의 고통이며 시간이 흐르게 되어 그 기억을 하지 못하게 할 수 있는 고통이었는지도 모른다. 두 번 세 번 거듭 말하자면 기본적으로 부모가 되는 결혼 자격증이라도 만들면 극악스러운 일과 사람을 피하여 살 수 있지 않을까 나의 상황의 경우를 생각해보게 되고, 인간이 제값만큼 제 양만큼만 하고 살다가 간다면 나쁜 사람 빨리 건져지고 생사람 울분된 삶을 안 살아지지 않을까 싶다.

한바탕 세상 속에서 내가 있다는 것을 느꼈다. 돌아선 뒤에는 잠잠한 나를 들여다본다. 오래전의 일이다. 두 팔 무릅쓰고 신생아를 안고 번화한 거리를 걸었다. 한없이 많이 걸었던 것 같다. 오로지 신생아 외에는 아무 생각을 못 했던 것 같다. 1은 예외이다. 1만이 존재했을 때이다. 2는 공감이다. 2는 어울림이고 안정이다. 오래된 것은 자신밖에 할 수가 없는 것이다. 단지 가능한 것은 수기처럼 쓸 수는 있다. 문제는 바로 나타날 때가 말하는 것도 치료 효과도 볼 수 있는 것이다. 대화도 많이 해보지 않은 나란 아이가 아이를 키운 셈이다. 사람 입김이란 게 어리석은 입김은 가까운 사람 사이를 닫게 한다. 그 나쁜 잘못된 입김을 바로 보지 못하고 한세월이 흘러서야 느끼는 사람들이 사는 사회를 우리는 살아가고 있다.

내 얼굴이 얼어버린 느낌이다. 엄마 곁에서의 내 인생은 얼어버린 인생이었다. 잠약을 먹어도 불안을 느낄 때가 있고 약을 안 먹어도 불안을 느낄 때도 있다. 사라질까 봐 잊을까 봐 적고 났을 때는 마음이 가라앉는 것을 느낀다. 상처 꽃은 잘 나아라 하고 그대로 두는 게 좋다. 인생의 반은 아픔이고 반은 치유이다.

상처 꽃 지나가다 만날 때 꽃, 너였구나 말 건네주고 바라봐주고 지나갈 때 이럴 때 사는 느낌이 멋있는 인생 아닐까? 가장 외로우면서도 가장 고독하면서도 가장 아름다운 향기의 꽃을 지닌 사람한테는 가장 어려운 고행길을 예비하신다면 그 처한 인생이 이해될까? 신 같은 사람이 땅으로 내려올 때는 가장 처절한 인생을 만날 수 있다. 머무른 자리가 아니기 때문이다. 어떤 구원이 필요할지 모른다. 두 해의 시간에 여유를 느낀다.

운명은 어느 누구의 손에서도 살릴 수도 있고 가버릴 수도 있는 것이다. 공동사회가 그만큼 중요하다는 것이다. 어떤 사람을 알맞은 자리에 놓이는 것도 그만큼 중요하다는 것이다. 사람의 운명은 사소한 것에 의해 영향이 안 미칠 것도 크게 미친다는 것이다. 어느 누군가가 한 사람에게 감동을 일으킨다면 온 세상이 제자리를 유지한다는 생각이 이르게 되며 그럴 때면 삶이 고마워지고 세상을 향해 이롭게 나아가 살아가고픈 마음이 일게 될 것이고, 무척 세상이 다시 보일 것 같다는 생각이 들게 한다.

나에게도 새로운 세상을 느낄 수 있겠구나. 가까운 사람이 가까이 있다는 것이 정말 좋음을 느낄 것 같다. 직장생활 하루하루가 인생 자산의 행보랄 수가 있다. 정말 같은 마음은 가까운 사람 소중하게 느껴지는 존경하는 사람이라 생각되는 존경은 소중한 마음을 느끼는 것이며 그 마음을 느끼거나 그 마음의 공감을 얻거나 했을 때일 것 같다. 가장 존경받는 경우라면 그 사람한테만 수용할 수밖에 없는 가까운 영역이랄까? 아주 오래전의 일이다. 반 주일인가 억지로 잠을 자보지 않은 적도 있다. 미칠 것 같았다. 너무 잠을 자니까 자는 것이 싫어서였다. 신같이 살았던 것 같다. 신처럼 살았다고도 볼 수 있다. 사람은 움직임이 있어야 한다. 그런데 나는 역행하여 간당간당하게 살아왔기 때문이다.

제자리서 움직임이 없는 것처럼 살기는 어려운 것이다. 주춧돌이나 기둥은 움직임이 없다. 그 주춧돌과 기둥이 받쳐줌으로써 그 안에 있는 사람이 살 수 있는 것이다. 나는 병원도 약국도 의원도 과하다 할 정도로 많이 이용했다. 세상 앓은 불안이 낮아진다. 각 같은 사람은 세상에서 살기가 어렵다.  엄마 같은 사람을, 엄마를 만난 것은 참 수수께끼 같다. 엄마를 보고 나를 보고 느끼는 바는 가장 못난 주머니가 다른 휑한 주머니 속을 채우고 사는 격이라고 할까?

땅은 보통 인간이 사는 데이다. 사람이 견딜 수 있는 힘을 주셔야 하는데 이토록 상상할 수 없는 힘을 주시니 신 같은 어린아이는 어릴 때부터 수난을 겪는다. 신 같은 아이는 땅에서 살아가기 어렵게 아주 약하게 태어난다. 신은 사람을 만들 때 참으로 정직하게 만들었다. 신은 신을 알아보고 인간은 인간을 알아보게 된다.  싸움꾼을 앉혀 놓으면 싸움 짓을 한다. 배움이 있든 배움이 없든 행동이 미천한 이를 앉혀 놓으면 미천한 짓을 하는 것이다. 인간의 생명은 보잘것없는 중요하지 않은 사람에 의해 생명이 가지는 않는다. 생명이 가면 안 되는 것이고 생명이 갈 수도 없는 것이다. 인간의 생명이 가게 해서도 안 되게 해야 하는 것이다. 죄의 매는 달게 받을 때 약이 되고 정직한 성냄은 제때 낼 때 호흡이 쉬어지는 것이다. 그럼으로써 생활의 제자리로 살아갈 수가 있다. 도둑이 제 발 저린다는 말이 있듯이 그들은 생각 없이 나타난다. 그런 그들의 공기는 칼바람이다. 그들의 말은 판도라의 상자와 같다. 그들의 그런 말 자체가 휴지통에 들어갈 쓰레기 같음이다. 열어서는 안 된다. 다른 사람도 열어서는 안 된다. 내 마음이 찢어지도록 괴로워서 글이 이끄는 것 같다. 그들 입에서 나오는 말들은 온통 가시밭길 같다. 거짓은 거짓끼리 통한다고 그 가운데 진수의 말이 숨어있는들 거짓을 가려내지 못한 거짓의 입에 진수가 다치었다. 물고기를 어항에 가두고 온갖 정신 교태를 보여주어 그 물고기가 죽는다면 그들의 그 교만 교태 죄는 크기가 이루 말할 수 없다. 그들의 앞자리는 가시넝쿨이다. 거짓인 줄 알고 뿌리치고 나오는 이를 붙잡아 거짓 교태 정신 벗어난 자태를 보여준들 그 거짓이 어디 가겠나? 그들 어리석음이 좁쌀만 하다.

좋은 것은 더 좋게 드러날 이유가 있는 것이다. 그리고 나쁜 것은 나쁘게 드러날 이유가 있다.

내 자식이 배고프면 못 해줄 때. 잊은 일도 잊힌 일도 잊고 살아도. 뼛속에서 아픔이 돋아 아니할 말도 잘못 나오고. 평소 건강관리 못 한 일이 새록새록 돋고. 자식 입에 음식이 들어갈 때는 언제 그랬던가 마음이 잔잔해진다. 이제 나에게는 내 몸만 챙기고 살 일만 남았고, 내 아이와 함께 건강하게 살 생각만 해도 시간이 많지 않고, 미움도 사라져 가고 옛일도 잊게 되고, 내 입에 음식이 들어가면 아무것도 다 잊게 된다. 행복은 내가 만들어 가는 것. 긴긴 시간들 세월 속에서 잊혀 가고 현재만이 살아도 부족한 시간인데. 이제는 쫓기듯이도 않고 쫓아올 일도 없고 남은 시간 내 의지가 아니더라도 사람 생명은 소중하다.

따뜻하고 좋은 사람 만나면 감사하고 하루가 고맙고 기쁘게 집에 머물게 되고 편안한 밥을 먹게 된다. 이런 날 이런 생활이 죽 되어야 앞으로 인생이 멋지고 행복한 시간 속에서 세월을 보낼 수 있다. 처음이다. 언젠가 나도 남같이 정상인같이 잠도 괴롭지 않게 자고 일어날 수만 있었으면 바랬다. 그런데 진짜네. 일상생활도 할 수가 있다.

이제 무서운 사람도 나약하게 보인다. 내 마음에 불길이 타오르지 않는다. 무서운 사람 외면하기보다 '저 사람 왜 무서운 얼굴로 하고 있지?'라고 말도 나올 수 있게 된다. 자연과 합일하여 감정이 나아졌다. 티브이 소리도 귀에 들어온다. 티브이도 볼 수 있다. 두려움을 벗어나게 되니 기억을 찾아서 아주 오래오래 걸리었다. 나를 지키는 것은 나의 것을 조금만 내비치는 것이다. 남도 그러할 때 부딪힘이 덜할 거라 생각한다.

치유는 더 많이 느끼고 표현하는 것이라 생각된다. 아무것도 느끼지 않고 덜 표현하는 것이 아니라고 생각된다. 용서, 치유는 나 자신의 마음이 단단해졌을 때 사고의 배려가 덤이 되었을 때 나뉘는 것이며, 내 마음의 자리가 아직 아플 때는 그대로 두는 것이 배려이다. 좋은 말은 남겨두어야 제대로 배려이다. 상처 남은 마음에 쓰라린 것은 두지 않는 것이 배려이다. 사람이든 사물이든 말입니다.

상처를 잊고 나섰을 때 상처를 끼었지 말아야 배려이다. 자신의 본분을 망각하지 않고 사는 것이 치유라 생각한다. 자신의 물건이 아니면 소유해서 안 되고 주인 없다고 주인 아닌 자가 그 옆에 보물 같은 물건일 수도 있는 사람 따위를, 물건 따위를 둬서는 안 된다는 것 자유를 말해준다. 진정 자유를 누릴 수 있는 자가 누리지 않으면 이것은 크나큰 죄를 말하는 것이다.

확실히 값지게 사는 우리의 인생은 헛된 것이 아니라고 본다. 그만큼 한 노력과 공에 의하여 인생의 행복은 주어지는 것이라고 여겨진다. 새로운 마음으로 기지개를 켜고 자신의 일상에 매진하게 되고 자신의 일에 더욱 열심히 복귀하는 모습으로 나아가는 우리의 삶터가 실로 새로워지는 날이 찾아올 것이라는 것을 믿어보고 싶은 마음이다. 알면 더 많이 행할 수가 있다. 하고자 하는 마음이 있어도 부족해서 못할 뿐이다.

나는 빛과 함께 존재했고, 하늘과 함께 존재했고, 함께 숨 쉬며 함께였다. 그래서 지금 내 존재가 있지 않나 보다. 이 세상에 예외라는 것이 있다면 있다. 그 예외는 자연과 닮은 선이기 때문이다. 그 선을 건드리거나 했다면 안 되는 것이다. 단순히 예외는 있다는 것이다. 자연과 닮은 동력의 선이다. 우리 인간은 아마도 그 선에 의해서 살아가고 작용하지 않는가 싶다. 그 가운데에서 진실한 이들이 있기에 아직은 이 세상이 존재해 나가고 있다고 여긴다.

천직이란 것이 있기는 하다. 오래도록 내 일을 갖는 것은 천직이라 여겨진다. 그것은 하늘이 부여하는 자신에게 맞는 직분이 있기 때문이다. 그러지 않을까? 우리는 얼마나 그 직분을 남용하지 않고 살아가고 있는가? 주춧돌이 있고 받침돌이 있듯이 우리는 과연 잘하고 있는가 생각해보게 한다. 지금은 내가 호흡할 수 있고 걸어나갈 수 있고 이 글을 쓸 수가 있다. 감사가 느껴지고 순간이기에 모두에게 빛이 밝혀질 수 있어서 세상을 볼 수 있고 맛도 느낄 수 있고 감정도 느낄 수 있어서 빛은 있다. 세상의 빛이 있는 것처럼 세상의 작용이 되게 하는 이들에게 힘과 용기를 더하여서 쏟고 싶고 더불어서 감사를 느끼며 이런 이들이 많을수록 좋은 세상이 주어지게 된다고 생각한다.

# 에필로그

이로움이 되면 붙는 게 사람 마음이다. 이롭지 않으면 말살하려는 것도 사람 마음이다. 이런 것의 대부분은 줏대 없이 휘둘러서 생겨난 마음이라고 볼 수 있다. 부모도 대화가 없으면 남과 다를 바 없다. 유독 남들과 다르게 태어나면 불편한 시선을 받을 수 있다. 한편으론 제 견해와 멀게 금지된 악을 피하기 위하여 이 글을 쓰게 된 것이며,『빛은 따뜻했다』의 내용의 글은 자연의 물아일체와 나 자신의 혼연일체 속에서 쓰인 것임을 밝혀 두는 바입니다.

어린 시절 그릇된 인간이 나란 아이를 밀어내는 날 나는 인간의 몸을 벗어버리고 육체의 고통에 더하였다. 그렇게 느껴진다. C.F.G가 나에게 가한 말들은 내 마음에 깊이 박히었고 그 여파 지대하며 내 마음의 동력을 깨뜨리어 치료가 안 되는 것이며, 공부 끝에 역겨운 꼴을 보았다. 처음 느낌은 끝머리의 느낌을 다시 한 번 재연되게 한다. 내 마음에 **C.F.G**는 악의 꽃들이었다. 날 칼과 같은 형세를 지닌 아귀다툼의 모양새는 어린 나를 뒤로 넘어지게 하는 꼴이었다. 칼날같이 거친 말은 코와 코끼리를 구분하지 못한 어리석음이다.

그런 그들인 아줌마들은 어린 나를 어지럽게 하였다. 시간이 흐를수록 상처를 그대로 두면 상처의 독은 더 강해진다. 아픔이 마비될 정도로 흐름이 넘어서게 된다. 앞뒤 없이 유령 인간들을 겪은 것 같다. 내 생애에서 가장 치욕기억인 **C.F.G**는 영원히 기억을 돌처럼 딱딱한 면으로 그 기억은 잊을 수 없다. 그 기억은 소름 끼친다.

세상의 악의 씨를 본 것 같다. 아무것도 해줄 수 없고 흠집만 내어 제 자랑이듯 내세우는 그 모습은 인간의 모습이라고는 느껴지지 않는다. 진한 상처는 시간이 흘러야 제대로 나오듯이 내 아픈 상처가 도려내듯 드러내졌다. 악은 다름을 모른다. 악은 제 살 마냥 제 모양 마냥 다름도 그렇게 생각하고 간주한다. 다름을 모르는 악은 자신의 키가 제일 큰 줄 잘못 알고 아래를 넘어다보려 하지만 그 발치에 넘어진다.

억지로 찢긴 제 살은 실수해서나 잘못으로 다쳐서 난 상처보다 지독스럽게 아픈 기억으로 남게 된다. 배움은 겸손하게만 지닌다면 사람 모습이 인간적 모습이 되지 않을까? 생각을 되돌아보게 한다. 우리 인간은 태어날 적부터 겸손됨을 배워야만 숙지하게 되어 있다. 겸손함은 지나쳐도 나쁘지 않다. 오히려 진정한 웃음이 깃들게 한다. 인간은 겸손함이 있어야 사람이랄 수 있다.

겸손은 자신감을 깃들게 하고 악도 내려지게 한다. 나는 해의 따뜻함으로
인해 살았고, 비의 촉촉함으로 인해 숨을 쉬었고, 그리고 지친 몸도 쉬었다.
그리고 난 병원 치료는 약만이 가능했다. 병원도 나와 잘 맞는 데를 이용하
는 것이 심리적으로 낫다. 그러함으로 세월은 내 아픈 마음을 녹였다. 좋은
사람이 많아야 좋은 것이다. 그리고 좋은 사회가 된다. 이런 사실은 힘을 갖
게 한다.

나쁜 행태는 각인이 오래간다. 좋은 모습을 찾아보기 어려울 정도로 이런
행태는 너무 미련해 보인다. 스스로 뉘우침이 필요가 느껴진다. 잠시의 가벼
움은 무거움들을 털어내었다. 나의 어린 시절 주위의 그들은 내 본 눈이 가
려진 채로 있다는 것을 알고 있었던 듯하다. 그렇게 생각이 든다. 그리고 그
들은 나한테 어둠을 행하였다. 짝은 죄를 만들기 쉽다. 넘치도록 죄를 짓는

다. 그 죄는 자신조차도 잊을 정도이다. 그러므로 욕정은 어리석게도 한세상을 삼킨다. 헛발이기 때문이다.

밝이 있다는 것은 좋은 것이다. 안으로부터 나올 수 있기 때문이다. 햇빛은 사람을 품는다. 얼음장 같은 몸도 어둠의 사람들로부터 왔고 점 같은 알갱이 흔적도 그런 괴물의 양상 같은 이들로부터 왔다. 세월이 그랬다. 나쁜 교육인도 나쁜 종교인도 나쁜 씨앗은 해로움이다. 닿지 않은 저 멀리 있는 물 한 컵보다 내 가까이의 물 한 컵이 낫다. 고로 사람 말도 멀리서 들려지는 화려한 말보다 내 가까이의 진솔한 말이 들려지는 것이 더 유익하다. 유혹 같이 들려지는 말에는 귀 기울이지 말고 피하자. 그런 그들은 나를 오라 가라 할 경우도 아닌데 자신들의 할 일만 하면 될 것을 넘치게도 넘어다보는 행동들을 많이도 거슬리게 보였다. 자신들의 자리가 어려워짐을 느끼니까 자리 바꾸어 행하는 꼴이 우스워 보였고 가소로워 보였으며, 나란 자리를 탐함을 보이게 행동했음을 느꼈다. 교육을 망조의 길로 가게 하는 사람들임을 사회의 악 영향을 끼치게 하는 사람들임을 느꼈으며, 이런 사람들이 어린 나한테 괴물 짓을 보인 것이다.

그리고 낯선 여자 더욱이 느낀 것은 자신을 솔직하지 않고 사는 것에 나는 멀리하고 싶었고, 낯선 여자는 나를 비롯하여 내 자녀에게까지 잘못되게 이롭지 않게 하였다. 시골에서 그 남이 속옷을 부엌에 널고 나란 아이가 지나갈 때 눈이 따가웠다. 그리고 웃통을 벗고 나란 아이를 뒤에 두고 음식을 먹고 있는 모습에 나는 말이 나오지 않았다. 너무 똑같은 비슷한 경우를 난 겪었다. 피 말릴 만큼 시절을 겪은 것 같다.

가족, 인척이 화장실을 공동으로 사용할 경우는 맑은 이한테는 어둠의 악마가 기다릴 수도 있다. 나쁜 사람 길인 화장실 기억은 나의 아버지를 잃게 하고 나를 무너뜨리는 기억으로 매우 나쁜 지독한 기억임을 가슴 저리게 아파옵니다. 환경 상황이 나쁜데 머문 것이 오래되면 가장 가까운 가족인 사람을 뜻하지 않게 잃게 될 수도 있고, 그길로 가도록 자신도 모르게 나쁜 공기에 의해 가까운 가족인 사람을 잃게 나쁘게 행할 수 있다고 여긴다.

어려서 사는 곳이 중요하고 어려서 사는 사람이 중요하고 어려서의 생활이 건강의 바로미터의 길이라고 볼 수 있는 것이다. 화려한 빛은 사방을 화려하게 비출 수 있다 할지라도 그 화려함의 빛은 시야를 흐리게 하여 가시광선으로 될 수가 있는 것이다. 엄마가 강하셔서 나는 살았다. 사회는 든든한 사람에 의해서 지켜지는 것이 좋은 것이다.

우리는 보는 것 느끼는 것 가려서 받아들일 줄 아는 시야를 넓게 가질 수 있어야 한다. 내가 어떤 사회에서 살아가고자 하는 것은 중요하다는 것이다.
약은 어떤 면에서 질병을 이겨내도록 할 만큼 강하다는 점이다. 더불어 병
원 선생님 기타 관계자분으로부터 진정한 관심에 무한한 감사를 느끼게 됩
니다.

그리고 한글 메모장 워드에 사용할 수 있어서 유익했고 감사함을 표합니다.

또한, 원고 끝마무리를 하던 중 자연의 소리가 귓가에 울리었다. 충분하다
생각되어 까닭에 생략하였다. 기다리던 중 원고를 살펴보았다. 미처 살피지
못한 것에 관심을 가져주신 사장님과 담당님들의 배려의 말씀과 안내에 감
사를 느낍니다.


문성아

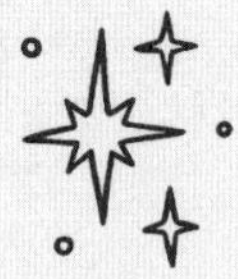

# 부록시

옳은 자든 그른 자든 지은 죄로 죄인들의 발이 닳았구나.

나타내 보이지 말고 진실로 깨달아 부족함이 무언지를 알고 제 길을 바르게 찾아가거라.

입이 있다고 말할 줄 아는 자 몽매하니 때도 모르고 다가서는 무지 부끄러움을 알라.

대단하다고 자처하지만 진정함이 무언지도 모르는 자 그야말로 어리석기 짝이 없다.

사과도 시기가 있는 법, 때를 알지 못하니 그 넘으면 사과로는 부족하고 엎드려 빌어야 하는 형세 무지를 안다고 말지어다.

어둠의 발로 죄를 짓는 자 그 발로 지하를 자청하네.

엎드려 빌고 빌어도 구제받길 없는 죄 그 죄 갖고 가 지하에서 빌고프나 보다.

인간이 사람이 정신 차려 살 세상을 만들어 감이 살아갈 수 있는 길이다.

어두운 자여 두려운 자여 자신의 헛 모습을 깨닫고 밝음을 두려워하고 밝은 길로

나아가라.

헛 껍데기를 벗어버리고 몸이 닳도록 깨닫고 뉘우쳐라.

몽매를 두려워하고 인간을, 사람을 두려워할 줄 알아라.

인간은, 사람은 올바른 것을 볼 수 있는 눈이 떠져야 하고.

그릇된 것을 가려서 볼 수 있는 눈이 떠져서 제대로 볼 수 있는 눈을 떠야 한다.

그리고 좋은 관계라면 이처럼 말할 수가 있다. 잘될 수 있었으면 좋았을 텐데 그렇

지만 난 이런 말과는 너무 동떨어진다. 그래서 나에게 이런 말은 나올 수가 없다.